薄饼坪

[美] 约翰 · 斯坦贝克 著
卢卫中 庄淑文 译

Tortilla Flat

中国书籍出版社
China Book Press

图书在版编目（CIP）数据

薄饼坪 /（美）约翰 · 斯坦贝克著；卢卫中，庄淑文译 . -- 北京：中国书籍出版社，2022.12
ISBN 978-7-5068-9275-9

Ⅰ . ①薄… Ⅱ . ①约… ②卢… ③庄… Ⅲ . ①长篇小说—美国—现代 Ⅳ . ① I712.45

中国版本图书馆 CIP 数据核字（2022）第 212926 号

薄饼坪

［美］约翰 · 斯坦贝克 著　　卢卫中　庄淑文 译

责任编辑	邹　浩
特约编辑	杜小北
责任印制	孙马飞　马　芝
封面设计	四季中天
出版发行	中国书籍出版社
地　　址	北京市丰台区三路居路 97 号（邮编：100073）
电　　话	（010）52257143（总编室）　（101）52257140（发行部）
电子邮箱	eo@chinabp.com.cn
经　　销	全国新华书店
印　　刷	天津画中画印刷有限公司
开　　本	880 毫米 ×1230 毫米　1/32
字　　数	156 千字
印　　张	8.25
版　　次	2022 年 12 月第 1 版
印　　次	2022 年 12 月第 1 次印刷
书　　号	ISBN 978-7-5068-9275-9
定　　价	58.00 元

目　录

引子

本书讲述了丹尼和他的朋友以及丹尼的房子的故事。这三件事融为一体，在薄饼坪，说起丹尼的房子，并非单单指杂乱荒芜的卡斯蒂老玫瑰簇拥中的那一幢白漆剥落的旧木头房子。不，说起这幢房子，就会想起里面住过的那一帮人，想起房子里产生的幸福与快乐、友善与情谊，而不可思议的悲惨结局，又给人带来了无尽的伤感。丹尼的房子与亚瑟王的圆桌不无相似之处，而他的朋友也好似亚瑟王的圆桌骑士。故事讲述了这一帮人是怎样生活在一起，而又怎样结成一个足智多谋的组织的。故事还讲述了丹尼的朋友们的冒险故事、善行、想法以及为生活所付出的种种努力。最后，故事讲述了那幢作为护身符的房子是怎样毁灭的，那一帮人又是怎样散场而各奔东西的。

在这座位于加利福尼亚州海岸的蒙特雷古城里，这个故事家喻户晓，人们反复议论着，有时还描述得很详尽。我们把这个故事记载下来，以便将来的学者们听到这个传奇故事时，不至于像讲述亚瑟王、罗兰和罗宾汉时那样说："既没有什么丹尼和他的朋友们，也没有什么丹尼的房子。丹尼是个自然神，他的朋友是太阳、天空和风的原始象征。"这段历史现在和将来，都是为了防止那些刻薄学者的冷嘲热讽而设计的。

蒙特雷坐落于一个小山坡上，坡下是蔚蓝色的海湾，背后是一片高耸的黑黝黝的松树林。镇子下面居住着美洲人、意大利人、渔民和鱼罐头制造商。而在山上，在松树林与镇子交汇处，没有宽阔的柏油马路，在僻静的角落里也没有路灯，蒙特雷最早的居民就居住在这里。他们就像英国威尔士的古布立吞人一样列阵于山坡之上。这些人就是派萨诺人。

派萨诺人住在木头结构的老房子里，院子里往往杂草丛生，院子外面是黝黑的松树林。派萨诺人没有染上商人习气，也没受到美国复杂的商务制度的影响。他们既无东西可偷，也没东西被剥削或用作抵押，商业制度还没有向他们发起猛烈的进攻。

派萨诺人是些什么人呢？他们是西班牙人、印第安人、墨西哥人、甚至混杂的高加索人的混血种人。他们的祖先迁居加利福尼亚已有一两百年。他们用派萨诺口音讲英语或西班牙语。人们追问他们是什么种族时，他们会愤愤地声称自己是纯粹的西班牙血统，并且卷起袖子漏出几乎白皙的肌肤。其实，他们的肤色就像褐色的海泡石烟斗，但他们自己说这是被太阳晒的。这就是派萨诺人，居住在蒙特雷山上一个叫作“薄饼坪”的地方，尽管这个地方根本不是一块平地。

丹尼是派萨诺人，在薄饼坪长大，人们都喜欢他，但在薄饼坪喜欢尖声叫嚷的孩子们中间，他并不显得多么突出。由于亲戚关系或祖辈的浪漫史，他与薄饼坪的所有人几乎都有点血缘关系。他祖父在薄饼坪拥有两幢小房子，是个重要人物，因财富多而受人尊敬。未成年的丹尼喜欢睡在松树林里，为了生计到牧场干活，从吝啬鬼那里讨点吃喝，这也不是因为他没有势力大的亲戚关系。丹尼个子矮小，皮肤黝黑，做事专注而执着。

丹尼25岁时，美国与德国宣战。丹尼和他的好友皮隆（顺便说一下，皮隆是卖掉一只靴子才跟丹尼合伙买酒喝的）听说以后，买了两加仑红酒。大乔·波特吉看到松树林里那些闪闪发亮的酒瓶子之后，也加入了丹尼和皮隆的行列。

酒倒进罐头瓶子以后，爱国主义的激情顿时在三人心中升腾起来。喝完酒以后，为了友谊和安全，他们臂挽着臂下了山，来到蒙特雷。在征兵站，他们激动地嚷嚷着为美国而战，并诅咒德国必败。他们怒吼着向德意志帝国发出威胁，征兵站的上尉被吵醒了，披上军装后让他们安静，并答应接收他们入伍。

上尉让他们在办公桌面前排成一行。除了酒驾测试之外他们通过了各种测试，之后上尉开始提问皮隆：

“你想进哪个部门？”

“该死的我也不知道，”皮隆得意地回答道。

“我想步兵队伍里需要你这样的小伙子。”他为皮隆选择了步兵。

他转向大乔，这个葡萄牙后裔头脑开始清醒起来。上尉问道：“你想去哪儿？”

“我想回家，”大乔可怜巴巴地说。

上尉把他也安排在步兵队伍里。最后，他转向丹尼，发现他在站着打瞌睡。“你要去什么地方？”

“呃？”

“我是说，你要去哪个部门？”

“‘部门’是什么意思？”

“你能干什么？”

“我？什么都能干。”

“以前干过什么？”

“我？当过骡夫。”

“哦，你当过？你能赶多少骡子呢？”丹尼身子往前一倾，含糊而又内行地说：“你们有多少？”

“大约三万头。”上尉说。

丹尼把手一挥。“这算什么！”他说道。

就这样，丹尼战争期间被派到德克萨斯训练骡马。皮隆跟随步兵队伍去了俄勒冈州附近。可是，大乔后来才知道，自己被安排去了监狱。

第一章

退伍还乡的丹尼继承了财产，发誓保护弱者

丹尼从部队回到了家乡，得知自己是一份房产的继承人。他爷爷去世前把薄饼坪的两座小房子留给了他。

丹尼刚听到这个消息时，下意识地往后怵，他觉得这是一份责任。丹尼去看房产之前买了些红酒，喝差不多了，才放下那份责任感，但这时他那恶劣的本性又显现了出来。他开始嚎叫，还把阿尔瓦拉多街上台球室里的几把椅子摔坏了，又打了两个小胜架。但没人在意他。最后，他拖着颤颤巍巍的弓形腿，去了码头。清晨的码头，意大利渔夫们穿着橡胶靴子正要出海。

丹尼的理智被种族歧视裹挟着。他威吓这些渔民，吼道："你们这些西西里杂种，罪犯岛的人渣，绝对的杂种。"又叫道："见鬼去吧。"他把大拇指竖在鼻头，又在裤裆那做下流动作。渔夫们就只咧嘴一笑，摇着桨说："丹尼，你什么时候回家？今晚过来吧。我们有新酿的酒。"

丹尼被彻底激怒了。他大喊道："把安全套套在你们头上吧。"

渔夫们回应道："再见，丹尼！晚上等你啊！"他们爬进小船，划向伦巴拉式的拖网船，发动马达突突地把船开走了。

丹尼觉得自己被冒犯了。他边走回阿尔瓦拉多街，边打碎沿街的窗户。在第二个街区，警察逮住了他。丹尼还是很敬畏法律的，所以乖乖就范。幸亏他是刚从取得胜利的对德战争中退伍回来，否则就会被判六个月的监禁。而现在，法官就只判了他三十天。

就这样丹尼在蒙特雷市监狱里待了一个月。他会在墙上画不堪入目的画，也会回想在部队里的日子。监狱里的日子过得无聊透顶。偶尔，晚上会有醉汉被关进来，但是蒙特雷的犯罪活动一般很少，所以丹尼就很寂寞。刚进来的时候，臭虫让他有点烦，后来臭虫适应了他的气味，他也习惯了臭虫的叮咬，大家也就相安无事了。

他开始玩那种贬低人的游戏。他抓一只臭虫，在墙壁上摁死，再用铅笔绕着画一个圈，写上"克拉夫市长"。他又抓了几只，写上市议员的名字。不一会儿，摁死的臭虫布满了一整面墙，每只臭虫代表当地的一个要人。他给臭虫画上耳朵和尾巴，又加上大鼻子和胡子。看守蒂托·拉尔夫很是震惊，但是却没有上报这个事。因为丹尼既没有贬低判他入狱的法官，也没有贬低任何警员。丹尼还是很敬畏法律的。

一天晚上，监狱里冷冷清清，蒂托·拉尔夫拎着两瓶红酒进了丹尼的牢房。一个小时后，他出去想再弄点酒，丹尼和他一起去了。监狱里真的是太无聊了。他们在托雷利酒馆喝酒，喝得烂醉如泥，被赶了出来。丹尼就穿过松树林，爬上了山，睡着了。而蒂托·拉尔夫踉踉跄跄地回去了，还上报说丹尼逃跑了。

大约中午时分，刺眼的阳光让丹尼醒了过来，他决定白天先躲起来，别被抓到。他跑到灌木丛躲了起来，像被猎捕的狐狸似的向外张望。夜幕降临，时机来了，他就钻出灌木丛去处理自己的私事去了。

丹尼要办的事相当简单。他走到一家饭店的后门。“能不能给我拿点过期面包我好拿回去喂狗？”他问厨子。趁着轻信的厨子打包的时候，丹尼偷了两片火腿、四个鸡蛋、一块羊排和一个苍蝇拍。

“我以后会来付钱的，”他说。

“不用付钱，你不来要我本来也要扔掉的。”

听完这，丹尼偷东西的紧张心情都放松了下来。厨子都这么说，那丹尼更是面无愧色了。他又去了趟托雷利酒馆，用四个鸡蛋、羊排和苍蝇拍换了一大杯格拉巴酒，返回松树林，去准备他的晚餐。

这个晚上天又黑又潮湿。雾就像纱巾一样盖在漆黑的松树林上，松树林守卫在蒙特雷城的四周。丹尼低头赶向松树林里的窝。他注意到了前面另有一个赶路人。他往前赶了几步，发现那个赶路的是他的老朋友皮隆。丹尼本是个大方人，但是想起大部分吃的都拿去换酒了，就剩下两片火腿和一袋过期的面包了。

“我得赶上皮隆，”他决定，“他走起路来像是身上带着火鸡之类的东西。”

这时丹尼突然注意到，皮隆胸前的大衣裹得紧紧的。

“嘿，皮隆，哥们！”丹尼叫道。

皮隆加快了脚步，丹尼也碎步紧跟。“皮隆，你这个小家伙！干嘛跑这么快呢？”

皮隆不得不停下来等着丹尼。丹尼不无疑惑地走了过来，不过他的语气仍然很热情。“我正找你呢，我最亲爱的天使般的朋友，看，我有两大块猪排，一袋甜甜的白面包。跟我一起享用这些美食吧，皮隆，你这个小胖子。”

皮隆耸了耸肩。“那好吧。”他没好气地嘟囔了一句。他们一起走进了松树林。皮隆很困惑。最后他停下脚步，看着自己的朋友。他难过地问道：“丹尼，你怎么知道我在大衣下面藏着一瓶白兰地呢？”

“白兰地？”丹尼叫出声来。“你有白兰地？你那是给生病的老妈准备的吧，”他天真地说道，“你留着庆祝耶稣再降临吧。我是谁呀，你的朋友，我怎么能享用这瓶白兰地？我根本不知道你有白兰地。而且我一点儿也不渴。我不会碰你这瓶白兰地的。来尝尝我的大猪排，别动你那白兰地。”

皮隆很认真地回答道：“丹尼，我不在乎和你分享白兰地，一人一半，但是我看着你，别喝光。”

丹尼不想接着聊这个事情了。“我就在这个空地上烤猪排吧，你也在这儿烤这袋子里的甜面包。把你的白兰地放在这里，皮隆。就这儿，我们都能看见它，还能互相监督着对方。”

他们垒起了火堆，烤着猪排，吃着过期的面包。那瓶白兰地也很快就要见底了。吃饱喝足，他们蹲在火堆旁，像贪婪的蜜蜂那样嘬着瓶底子。雾上来了，他们的外套上蒙上了一层小水珠。风儿在松树林里嗖嗖地叫着，带来丝丝伤感。

不一会儿，孤独的感觉就找上了丹尼和皮隆。丹尼想起了死去的朋友们。

“阿瑟·莫拉莱斯呢？”丹尼问道，他手掌往上一摊，胳膊往前一杵。“死在法国了。”他自我回答。绝望地把胳膊耷拉了下来，手也垂了下来。“为国捐躯，死在异国他乡了。陌生人经过他的坟墓时，根本不知道里面躺着阿瑟·莫拉莱斯。”他又把手掌往上一摊。“那个老好人巴勃罗又在哪里呢？”

“在监狱里，”皮隆回答道，“巴勃罗偷鹅，藏在灌木丛里，鹅咬了他，他叫出了声，就被抓住了。在监狱里待了六个月了。”

丹尼叹了口气，换了个话题，他觉得，他让这唯一的知情人说得太多了。但是，孤独感仍在，他必须发泄出来。“我们坐在这儿，”他最终说。

“——伤心欲绝，”皮隆有板有眼地紧接着补上。

“不，我不是要写诗，”丹尼说，“我们坐在这儿，无家可归。我们为国奉献过，现在却没有安居之所。”

“我们从没有过，”皮隆也跟着帮腔。

丹尼喝得有些恍恍惚惚，皮隆碰了一下他的胳膊肘，拿走了酒瓶。“这提醒我了，”丹尼说道，“有这么一个故事，有个人开着两家妓院——”丹尼张着大嘴巴。“皮隆！”他尖叫道，“皮隆！我的小胖鸭子朋友。我竟然忘了！我继承了两座房子！”

“妓院？”皮隆将信将疑地问。“说醉话？”他接着说。

“不是的，皮隆。是真的。我爷爷去世了。我是继承人。我，是他最受疼爱的孙子。”

“你是唯一的孙子啊，”皮隆还是清醒的，“房子在哪儿呢？”

“你知道我爷爷在薄饼坪上的房子吧，皮隆？”

“就在蒙特雷？”

“对，就在薄饼坪那儿。”

“这两座房子有什么用呢？”

丹尼向后一瘫，没那么激动了，淡然说道：“我也不知道。我都忘记拥有这两座房子了。”

皮隆安静地沉思着。表情十分悲伤。他向火堆里扔了一把松针，看着火焰在松针之间疯狂地蔓延并最终熄灭。他久久地盯着丹尼的脸，面带焦虑，然后发出一声沉重的叹息，紧接着又叹息了一声。“现在全都结束了，”他伤心地说道，“现在好日子全没了。你的朋友们会很难过，但是难过也没有用。”

丹尼放下了酒瓶，皮隆随即捡了起来，放在了自己的腿上。

“什么现在全结束了？你说的是什么意思？”丹尼问道。

“很正常啊，”皮隆继续补充道，“人穷的时候心里想着：‘我要是有钱，就和我的好朋友们一起分享。’但是等这钱真来了，这情怀也就没了。你也一样，我曾经的朋友。现在你的朋友们地位都不如你。你是有房产的人了。你会忘记那些曾经和你分享一切——包括他们的白兰地——的朋友们。”

这些话让丹尼无所适从。“我不会这样，”他哭喊道，“我永远都不会忘记你，皮隆。”

“现在你这么想，”皮隆回复道，“但等你真有了两间可以睡觉的房子，到那时你就会明白。皮隆仍然是个穷派萨诺人，而你却可以与市长共进晚餐。”

丹尼摇晃着站了起来，倚靠着一棵树。“皮隆，我发誓，我所拥有的东西也都是你的。我有一座房子，同时你也会有一座房子。我还要喝点。”

“我一定得眼见为实，”皮隆用一丝缺乏底气的声音说道，“要真是这样，那将会是全世界的一个奇迹了。大家都会不远千里地前来观看啊。再有就是，这酒瓶空了。”

第二章

皮隆因一时贪念背弃丹尼的好意招待

律师在第二座房子门口离开丹尼和皮隆，爬进福特车里，摇摇晃晃开着车下山进了蒙特雷城里。

丹尼和皮隆站在几乎没有了油漆的尖桩栅栏前，看着这座房子，激动地说不出话来。这是一座涂着斑驳油漆的矮房子，没有窗帘的窗户显得空洞无神。不过一棵硕大的粉红色卡斯蒂玫瑰依偎在门廊上，前院里遍地生长的杂草中也点缀着几颗古老的天竺葵。

“这房子比另一个好，”皮隆说，“也比另一个大。”

丹尼手里攥着一把新的万能钥匙。他踮起脚尖轻轻地走过摇摇晃晃的门廊，打开了前门。主室里仍然是老爷子居住时的样子。墙上挂着一幅1906年的红玫瑰日历和一面锦旗，旗上印着的战斗中的海军上将鲍勃·埃文斯正凝视着军舰的上甲板。墙上还钉着一束红纸扎的玫瑰花，几串沾满灰尘的红辣椒和大蒜，房内还有一个炉子和几把破旧的摇椅。

皮隆在门口向房里张望着。“三个房间呀，”他激动得喘不上气，“还有一张床和一个炉子。我们在这里会过得很幸福的，丹尼。”

丹尼小心翼翼地走进房子。他对老爷子满是苦涩的回忆。皮隆冲在他前面，走进厨房。“带水龙头的水池，”他叫喊着。他打开水龙头。“没水。丹尼，你得让供水公司给你供水。”

他们站着，彼此相视而笑。皮隆注意到了丹尼脸上对于这份房产忧虑的表情。而在生活中那张脸再也不会无忧无虑了。丹尼也不会再打碎人家的窗户了，因为他有了自己的窗户。皮隆是对的——他的地位已经高于朋友们了。他挺起了肩膀来承受生活的错综复杂。但他还是痛哭了起来，从此之后，他就要告别自己以往简单纯粹的生活了。

“皮隆，”他悲伤地说，“我宁愿拥有这一切的是你，是我来这儿和你住在一起。”

趁丹尼到蒙特雷城去办理供水的时候，皮隆闲逛着走进了杂草丛生的后院。院子里有果树，衰老得又瘦又干，又由于疏于照料长了些树瘤，枝叶破碎。几个帐篷似的鸡窝散落在草丛里，还有一堆生锈的桶箍、一堆灰和一张湿漉漉的床垫。皮隆看到栅栏那边莫拉莱斯太太的鸡舍，思考片刻，在栅栏上为母鸡打开了几个小洞。“它们会喜欢在草深的地方做窝的。”他体贴地想着。他还琢磨着怎样做一个4字型捕捉陷阱，以防公鸡也过来占窝，打扰母鸡下蛋。“我们会生活得很幸福的。”他又想着。

丹尼愤愤不平地从蒙特雷城回来了。“那个公司要押金。”他说。

“押金？”

“对啊。他们要三美元才给供水。”

“三美元，”皮隆气愤地说，“那是三加仑的红酒啊。等喝完了酒，我们就从隔壁的莫拉莱斯太太那借桶水。”

“但是我们也没有买酒的三美元啊。”

“我知道，”皮隆说，“或许我们能跟莫拉莱斯太太借点儿酒。”

这个下午过去了。“明天我们就会安顿下来，”丹尼宣布，“明天我们就进行清洁和擦洗。皮隆，你清理杂草，然后把垃圾扔到沟里去。”

“杂草？”皮隆惊恐地叫道，“不能除掉那些杂草啊。”他解释了自己对莫拉莱斯太太家的鸡所做的打算。

丹尼立马同意了。“我的朋友，”他说，“我很高兴你来和我一起住。现在，我去捡点儿柴火，你得为晚饭准备点东西了。”

想到了自己的白兰地，皮隆认为这不公平。“我要欠他的了，”他愤愤地想，“我会失去自由。我不久就会因为这个犹太人的房子而变成奴隶。”但他还是出去找东西准备晚饭了。

走过两个街区之后，在松树林边，他遇到一只半大的芦花公鸡在路上觅食。这只公鸡嗓音嘶哑，腿、脖子和前胸上都没有毛，说明它已长大。也许是因为他对莫拉莱斯太太家的母鸡一直怀着仁慈之心，这只小公鸡也唤起了他的同情心。他慢慢地朝阴暗的松树林走去，这只鸡在他前面跑着。

皮隆沉思着："可怜的小秃鸡，大清早的你一定很冷，黎明时分的露水滴下来，空气也变冷了。善良的上帝对小野兽也不会总是那么好的。"他想着，"小公鸡，你在街上玩。可能某天汽车会撞倒你。要是把你给撞死了，那就最好不过了。也可能是仅仅压断了你的腿或翅膀，那你就只能一辈子受罪吧。小鸡啊，生活对你来说实在太难了。"

他慢慢地、小心翼翼地走着。小公鸡不时地试着往回跑，但是每次选的路都有皮隆在那儿挡着。最后它消失在松树林中，皮隆漫步跟在后面。

让皮隆感到欣慰的是树丛里并没有传来痛苦的叫声。皮隆预言那只公鸡将会活得很痛苦，现在它平和地死去了，或者至少是安静地死去了。这无疑是对皮隆预言能力的极大肯定。

十分钟后他从松树林里出来，回到丹尼的房子那里。小公鸡已经拔了毛，肢解成几块，分别装在他的几个口袋里。对于皮隆来说，如果有一条行为准则比其他任何准则都更有力的话，那就是：无论在什么情况下，都不要把鸡毛、鸡头或鸡爪带回家，因为没有这些，就不知道鸡是谁家的。

晚上他们在密封的炉里用松果生了火，火焰在烟囱里咆哮。丹尼和皮隆吃得很满足，身上很暖和，幸福地坐在摇椅里，轻轻地来回摇晃着。吃晚饭时，他们用了一支蜡烛，但现在只有炉子里发出的亮光可以驱散屋里的黑暗。更美妙的是，雨点开始啪嗒啪嗒地打在屋顶上。只有几处漏雨，而且都是些没人愿意坐的地方。

“这里很好，”皮隆说，“想想我们在寒冷中睡觉的那些夜晚，这才是生活的样子啊。”

“是啊，而且真奇怪啊，”丹尼说，“这么多年来我一直没有房子，现在却有两座了，但我不能睡在两栋房子里呀。”

皮隆讨厌浪费。“这事儿也一直困扰着我。你为什么不把另一栋房子租出去呢？”他建议道。

丹尼的脚重重地落在地板上。“皮隆，”他喊道，“我怎么没想到呢？”这主意越发地让人觉得亲切。“可谁愿意租呢，皮隆？”

“我愿意租，”皮隆说，“我每月付十美元的房租。”

“十五，”丹尼坚持道，“那座房子不错，它值十五美元。”

皮隆嘟囔着同意了。不过就算再高点他也会愿意的，因为他注意到，一个住在自己房子里的人，地位是可以提升的。皮隆渴望提升自己的地位。

“那就这么定了，”丹尼拍板道，“你可以租我的房子。噢，我会是个好房东的，皮隆。我不会打扰你的。”

除了当兵那段时间以外，皮隆这辈子还从来没拥有过十五美元呢。但是他想，还有一个月才交房租呢，谁能说一个月里会发生什么呢。

他们心满意足地在炉火边摇摇晃晃地走着。过了一会儿，丹尼出去几分钟，带回来了几个苹果。“反正雨也会浇坏这些苹果的。”他满怀歉意地说道。

皮隆也不甘落后，站起来，点燃了蜡烛。他走进卧室，不一会儿拿着一个洗脸盆、一个水罐、两个红色的玻璃花瓶，还有一束鸵鸟羽毛，走了出来。“屋里有那么多易碎的东西不好，”他说，“它们要是打碎了，你会难过的。还不如从来没有这些东西更好。”他把墙上挂着的纸玫瑰摘了下来。“送给托雷利太太问候一下吧。”他一边出门一边解释。

不一会儿他回来了，浑身都湿透了，但神情却洋洋得意，因为他手里提溜着一加仑的灌装红酒。

后来他们激烈地争吵起来，但谁也不在乎最后的输赢，因为这一天里所发生的喜事已经让他俩筋疲力尽。红酒也让他们昏昏欲睡，于是他们倒在地板上睡着了。火焰也慢慢地熄灭了，炉子冷却下来，发出噼啪的声响。蜡烛倒了，融化的蜡油吞噬了那一小束顽强抵抗的蓝色火苗。这所房子暗了下来，安静、祥和。

第三章

邪恶在皮隆心里暂时占了上风

第二天皮隆就搬到另一幢房子里去住了。这一幢和丹尼那幢几乎完全一样，只是略小点。门廊上依偎着粉红色的卡斯蒂尔玫瑰，庭院里杂草丛生，还有贫瘠的老果树和红色的天竺葵，而索托太太的鸡舍就在隔壁。

丹尼成了一个了不起的人，有了一栋房子可以出租，而皮隆通过租房子，也提高了社会地位。

很难说丹尼是否指望收到房租，或者皮隆是否打算支付租金。如果他们真这么做了，双方都会很失望。丹尼从未要过房租，皮隆也从未真的给过。

两个朋友经常聚在一起。每逢皮隆搞到一壶酒或一块肉，丹尼一定会顺道来拜访的。同样，每当丹尼碰上好运或耍了点儿小聪明的话，皮隆也会过来和他纵情欢闹一夜。如果可怜的皮隆有钱的话，他早就把租金付了，可他从未真的有过钱——在他找到丹尼之前不久，就花光了。皮隆是个坦诚的人，有时一想到丹尼的善良和他自己的贫穷，就感到不安。

有天晚上他有了一美元，这笔钱他是以一种很惊人的方式获得的，他尝试着立马忘记这事，生怕一想起它来自己就会发疯。在圣卡洛斯旅馆门前，有个男人把一美元塞进他手里说："快去买四瓶姜汁啤酒来，旅馆的酒卖光了。"这样的事几乎就是奇迹，皮隆心里想着。对于奇迹，人们应该相信，不要担心也不要怀疑。他拿着这一美元沿路走去送给丹尼，可他在半路上买了一加仑葡萄酒，用这酒诱骗了两个丰满的女孩走进了自己的房子。

路过的丹尼听到了噪音，兴奋地走了进去。皮隆倒在他的怀里，让丹尼随意享受这一切。然后丹尼就帮他分享了一个姑娘和一半的葡萄酒，紧接着他俩打了非常激烈的一架。打得丹尼丢了一颗牙，皮隆的衬衫也被撕破了。两个女孩站在旁边尖叫，谁碰巧摔倒了她们就踢谁。最后丹尼从地板上站了起来，撞到了一个女孩的肚子，女孩像青蛙一样哇哇叫着跑出门去。另一个女孩偷了两个锅，也跟着她跑了。

丹尼和皮隆为女人们的背信弃义哭了一会。

"你根本不知道女人都是些什么东西。"丹尼一副精明的样子说着。

"我当然知道。"皮隆说。

"你压根就不知道。"

"我就是知道。"

"骗子。"

他们又打了一架，不过这次没那么精彩。

在那之后，皮隆对欠房租的事感觉好多了。他不是好好招待自己的房东了吗？

几个月过去了，皮隆又开始担心房租了。随着时间的推移，这种担心越来越难以忍受。最后在绝望中，他不得不给金记酒家洗了一整天的鱿鱼，挣了两美元。傍晚时分，他把红手帕系在脖子上，戴上父亲珍爱的那顶帽子，开始往山上走去，他要先付给丹尼两美元。

但是在路上他买了两加仑的红酒。“这样更好，”他想着，“要是给他硬币无法表达我对朋友的热情。可现在是给他送礼物啊。我还要告诉他，这两加仑葡萄酒花了五美元。”皮隆知道这么做太愚蠢了，但是他还是纵容自己这么做了。在蒙特雷，没人比丹尼更清楚红酒的价格了。

皮隆愉快地走着。他下定了决心，径直朝丹尼的房子走去。他走得不快，但朝着正确的方向稳步向前。两个胳膊下面各夹着一个纸袋，每个袋子里都装着一加仑葡萄酒。

在紫色晚霞降临的这个甜美的时刻，白昼的昏昏欲睡已经结束，而夜晚的消遣和闲聊尚未开始。在天空的映衬下，松树林显得愈发黑暗，地面上所有的东西都被淹没在了黑暗之中。但是天空却很明朗，显得格外凄凉，就像在人的记忆里一般。海鸥们在蒙特雷的鱼罐头工厂游玩了一天之后，这时都慵懒地飞回海边礁石上的巢穴之中。

皮隆是个爱美之人，也是个神秘主义者。他仰面朝天，凝视苍穹，灵魂逃离肉体，飞向落日余晖。皮隆平时既喜欢耍小聪明、打架斗殴，又好酗酒、骂人，因此说不上完美，此刻正拖着沉重的步伐缓缓前行。而满怀渴望、闪闪发光的皮隆跟随着海鸥们张开翅膀，自由翱翔，沐浴在晚霞的映照之中。这个皮隆却是美好的，贪婪和欲望并没有玷污他的思想。他的想法是值得去了解的。

“圣父在黄昏显灵，”他想着，“这些鸟儿正飞过圣父的额头。可爱的鸟儿们，可爱的海鸥们，我多么爱你们啊！你们轻轻地拍动翅膀抚摸着我的心，就像温柔的主人抚摸着一只睡熟中的狗的饱满肚子，又像基督的手爱抚着小孩子们的额头。亲爱的鸟儿们呀，”他心里想着，“带着我打开的内心飞向圣母玛利亚吧。”然后他说出了自己熟悉的最亲切的词藻：“万福玛利亚，充满荣光——”

坏皮隆此刻停止了脚步。事实上，在那一刻坏皮隆已经不存在了。（记录天使，你听到了吧？）过去、现在，从来没有谁的灵魂比此时此刻皮隆的灵魂更纯洁的了。皮隆独自站在黑暗中，加尔韦斯家凶狠的牛头犬来到他两腿间嗅了嗅，走开了，没咬他的腿。

一个得到洗涤和拯救的灵魂会面临双倍的危险，因为世界上的一切事物都在密谋着反对这样的灵魂。圣奥古斯丁说，“即使我膝盖下跪着的稻草，也大喊大叫分散着我祈祷的注意力。”

皮隆的灵魂甚至无法抗拒自己的记忆：他看着这些

鸟儿时，便想起来帕斯蒂诺太太有时会用海鸥的肉来做玉米粉蒸肉，这么想着他开始感到饥饿，而饥饿又让他的灵魂从天上掉了下来。皮隆继续前行，他又一次成了那个狡猾的善恶混合体。加尔韦斯家凶狠的牛头犬转过头来咆哮着，追了回来，后悔没有把他的腿咬上一口。

皮隆把胳膊弯了起来以减轻这些酒瓶的重量。

许多历史都证实并记载了这样一个事实：有能力做出最大善事的灵魂，也能做出最大的恶事。有谁比一个堕落的牧师更不虔诚呢？还有谁会比刚失贞的处女更淫荡呢？然而这可能只是表象。

尽管皮隆自己不知道，他刚从天堂跌落下来，但是他特别容易受到每一股阴风，以及此夜围绕着他的每一种邪恶力量的影响。的确，他的双脚仍然在朝着丹尼的房子走去，但是脚步中已经没有了打算和决心。哪怕是收到最轻微的信号，皮隆的脚也会转变方向。皮隆已经在心里盘算，喝了这两加仑酒他可以醉到什么程度，还有就是，那种沉醉的状态可以持续多久。

现在天差不多完全黑了。土路看不见了，两边的沟渠也看不清了。此时此刻，皮隆的各种冲动像一片羽毛一样，在慷慨和自私之间飘忽不定。就在这个时候，巴勃罗·桑切斯碰巧坐在路边的沟里，巴望着能有一支烟抽，能有一杯酒喝。从这件事中并不能看出是好还是坏。

唉，数百万的祈祷者，在通往上帝宝座的道路上，彼此之间要经历怎样的相互争斗和厮杀。

巴勃罗先听到了脚步声，然后看见一个模糊的身影，接着认出了皮隆。“嗨，朋友，”他热情地叫着皮隆，“你拿着什么东西，这么重？”

皮隆就此停下，面对着那条沟。“我还以为你在监狱里呢，”他严肃地说，“我听说了那只鹅的事。”

“确实有那么回事，皮隆，”巴勃罗打趣道，“但我没受待见。法官说判刑对我没有什么用，警察说我吃的饭比三个人的还要多。所以呢，”他得意地说，“我就被假释了。”

皮隆由此从私欲中解脱了出来。的确，他没有把酒拿到丹尼家，但是他立刻邀请巴勃罗来到自己租来的房子里一起共享美酒。假如两条慷慨的小路从生活的大道中分离出来，而你只能选择走其中的一条，谁又能判断哪条小道最好呢？

皮隆和巴勃罗兴高采烈地走进小屋。皮隆点亮了一根蜡烛，拿出两个水果罐头瓶子权当酒杯。

“祝你健康！”巴勃罗说。

“干杯！”皮隆说。

过了片刻，巴勃罗也说：“干杯！”

“干了！”皮隆说。

他们休息了一会。“来，伙计！”皮隆说。

“干！”巴勃罗。

两加仑葡萄酒，即便对于两个派萨诺人来说，也是不少的量了。酒喝得越多，精神状态往往越糟糕：喝到第一瓶的瓶肩以下时，可以严肃、专注地交谈。再往下喝两英寸，会回想起甜蜜而心酸的往事。再下三英寸，就会回忆起过去甜蜜的恋情。酒喝得只剩下一英寸时，追忆起过去痛苦的失恋。喝完第一壶时，会产生莫名的悲伤感。喝到第二壶的瓶肩时，会变得沮丧、意志消沉。再喝下去两指，就会唱与死亡或者渴望相关的歌。再喝下去一拇指，每个人就会把自己知道的其他歌都唱个遍。至此就不好再往下分了，因为没有什么确定性了。之后任何事情都有可能发生。

但是，让我们先回到第一个阶段，喝酒的人可以严肃、专注地交谈，因为皮隆就是在这个阶段使出了他漂亮的一招。

“巴勃罗，”皮隆问道，“你睡在水沟里，湿漉漉的，无家可归，孤苦无依，难道你从来不觉得厌倦吗？”

“没有啊。”巴勃罗说。

皮隆用柔和的语气劝说道：“所以我想啊，朋友，当我像一只住在臭水沟里的狗一样时，也很满足，因为我压根不知道住在一个小房子里、有屋顶、有花园会有多么舒服。啊，巴勃罗，这才是真正的生活啊。”

“那确实很棒。”巴勃罗表示赞同。

皮隆抓住时机。“巴勃罗，你看，你租下我房子的一部分怎么样？对你来说，就再也不用睡在冰冷的地上了。再也不用睡在码头下的硬沙地上，也不会让螃蟹钻进你的鞋子里了。你愿意来和我一起住吗？”

“当然愿意。”巴勃罗说。

“我说，你一个月只需要付十五美元的租金就好了！除了我的床，你可以用这屋子里的所有东西，还有这整个花园。想想看，巴勃罗！要是有人给你写信，就有邮寄地址了。”

“当然啦，”巴勃罗说，“相当不错。”

皮隆宽慰地松了一口气。他还没有意识到自己肩上背负着丹尼的债务。尽管他很清楚巴勃罗根本付不起房租，但这个事实并没有减少他喜悦的心情。要是丹尼向他要房租，皮隆可以说：“巴勃罗付给我，我就付给你。”

他们继续喝到下一个阶段，皮隆回想起小时候有多么快乐。“那时候没有烦恼，巴勃罗。没有罪恶的念头。非常开心。”

“从那之后就再也没有快乐过。”巴勃罗伤心地附和道。

第四章

好人科科伦做了件违心事

皮隆和巴勃罗生活过得很惬意。清晨，太阳从松树林上冉冉升起，湛蓝的海湾在松树林下泛起涟漪，闪闪发亮时，他们才会慢吞吞地、若有所思地从床上爬起来。

阳光明媚的早晨，是一段宁静祥和的时光。晶莹的露珠挂在锦葵草上，每片叶子上都托着一颗宝石，虽不值钱但却特别漂亮。此时不宜匆匆忙忙或忙忙碌碌。清晨的思绪缓慢、深沉，而且很宝贵。

巴勃罗和皮隆穿着蓝色牛仔裤和蓝色的衬衫，一同走到房子后面的峡谷里，过了一会儿后，又一起回来坐在前门廊里晒太阳，听着蒙特雷大街上鱼贩子的号角声，用飘忽不定、昏昏欲睡的腔调讨论着薄饼坪里的事情。每天世界的车轮都在滚滚向前，薄饼坪上也有成千上万件高潮迭起的事情在发生。

他们安静地坐在门廊上。苍蝇落在脚上时，脚指头才会在暖呼呼的木板上动一动。

“要是所有的露珠都是钻石，”巴勃罗说，“我们就会非常有钱，就可以喝一辈子的酒了。”

但是现实主义的诅咒使得皮隆感到不安，他补充道：“那样每个人都会有太多的钻石。钻石就会变得一文不值，但是葡萄酒总是要花钱的。要是能下一整天的葡萄酒雨，就这会儿，我们再用一个池子接着，那该多好啊。”

“不过得下好酒，”巴勃罗插话说，“不能下你上次买的那种劣等的酒。”

“那个酒我可没花钱，”皮隆说，“那是有人把它藏在舞厅旁边的草丛里了。你能指望捡到什么好酒呢？”

他们坐在那里，无精打采地挥手赶着苍蝇。“昨天科妮莉亚·鲁伊斯把那个墨西哥黑人割伤了。”皮隆说提起来。

巴勃罗略带兴趣地抬起了眼睛。“打架了吗？”他问。

“哦，那倒没有，那个黑人不知道科妮莉亚昨天找了个新男人，他想进去，所以科妮莉亚就用刀割伤了他。”

“他应该知道的啊。”巴勃罗义正言辞地说。

“是这样的，科妮莉亚找到她的新男人时，那个黑人还在城里。她把门锁了，他就想翻窗户进去。”

“那个黑人真是个蠢货，”巴勃罗说，“他死了吗？”

“哦，那倒没有。她只是把他的两只胳膊划伤了。科妮莉亚并没有生气，她只是不想让那个黑人进去。”

“科妮莉亚虽说不是很稳重，”巴勃罗说，“不过她还是给父亲做了弥撒，都死了十年了。”

“他会需要的，”皮隆认为，“他是个坏人，却从来没有因此进过监狱，也从来没有忏悔过。老鲁伊斯奄奄一息时，牧师来安抚他，他才忏悔。科妮莉亚说，牧师从病房里出来时，脸色白得像鹿皮。但后来那个牧师说，他对老鲁伊斯忏悔时说的那些话，半信半疑。”

巴勃罗像猫伸爪一样悄悄地伸出手指，碾死了停在膝盖上的一只苍蝇。“鲁伊斯总是个撒谎精，”他说，“那个灵魂需要做很多很多的弥撒。但是，科妮莉亚趁男人们喝醉后在她家睡着时，从人家口袋里掏钱出来，你觉得用这种钱做的弥撒有用吗？”

“弥撒就是弥撒。”皮隆说，“卖给你酒的人对你从哪里弄到这两个小钱儿根本不感兴趣。做弥撒的钱是从哪儿来的，上帝也并不感兴趣。他只是喜欢弥撒，就像你喜欢酒一样。墨菲神父以前一直钓鱼，有好几个月圣餐吃起来就有马鲛鱼味，可这并不会让圣餐不圣洁。这些事情就让神父去解释吧，用不着我们操心。我倒是想知道我们可以从哪儿弄几个鸡蛋吃一吃。现在要是能吃个鸡蛋就好了。”

巴勃罗把帽子朝下拉了一下遮住眼睛，不让阳光叨扰。“查理·米勒告诉我，丹尼跟罗莎·马丁在一起了，就是那个葡萄牙裔姑娘。”

皮隆惊恐地坐直身子。“那姑娘可能想要嫁给丹尼。那些葡萄牙裔姑娘总想着要出嫁，她们见钱眼开。他们要是结了婚，丹尼就会来吵着跟我们要房租的。罗莎也会想着买很多新衣服的。所有的女人都这样。我太了解她们了。”

巴勃罗看起来也很着急生气的样子。“也许我们可以去跟丹尼谈一谈——”他提议道。

“可能丹尼那儿会有一些鸡蛋，”皮隆说，“莫拉莱斯太太家的那些鸡，都很能下蛋。”

他们穿上鞋子，慢腾腾地朝着丹尼的房子走去。

皮隆弯腰捡起了一个啤酒瓶的盖子，又咒骂着把它扔了下去。“总有些坏人把它扔在这里来骗人。”他说。

“我昨晚就上了一次当。”巴勃罗说。他朝着一个院子里望去，那个院子里的绿玉米已经熟了，他就在心里记下这些玉米熟到什么程度了。

他们看见丹尼坐在自家前门廊的玫瑰花丛后面，晃动着脚指头来驱赶苍蝇。

“嗨，朋友们。”他无精打采地跟他们打了个招呼。

这两个人在他身边坐下，摘下帽子，脱掉鞋子。丹尼拿出一袋烟叶和些许纸条，递了一些给皮隆。皮隆看起来有些吃惊，但是什么也没说。

“科妮莉亚·鲁伊斯打伤了那个墨西哥黑人。”他说。

“这事我也听说了。”丹尼说。

巴勃罗尖酸刻薄地说：“这些女人，现在什么美德都没了。”

“和她们躺在一起是很危险的，”皮隆说，“我听说薄饼坪有个葡萄牙裔姑娘，要是有男人不嫌麻烦去找她，她就会给这个男人一件东西作纪念，好让他记住她。”

巴勃罗用舌头发出啧啧的声音以示不满。他伸出手来摊开。“那么男人该怎么办呢？”他问，“难道就没有人可以信任了吗？”

他们看着丹尼的脸，并没有在上面看到惊慌的表情。

“这个姑娘叫罗莎，”皮隆说，“我并不想要说她姓什么。”

“哦，你是在说罗莎·马丁，”丹尼看起来不大感兴趣的样子说道，“这么说，你能对一个葡萄牙裔姑娘期待些什么呢？”

巴勃罗和皮隆松了一口气。

“莫拉莱斯太太的鸡都怎么样了？”皮隆漫不经心地问道。

丹尼难过地摇摇头。“那些鸡全都死了。莫拉莱斯太太把一些豆角装在罐子里，罐子炸了，她把这些豆子拿来喂鸡，最后鸡全都死了，一只也没剩。”

“那些鸡现在放哪儿了？”皮隆追问道。

丹尼来回挥动着自己的两根手指头，表示并不知道。“有人和莫拉莱斯太太说别吃那些鸡，否则会生病的，但是我们最后把鸡肚子里刮洗得很干净，然后就卖给肉铺了。”

“吃死人了吗？”皮隆问。

“没有，我觉得那些鸡可能一点问题也没有。”

“你是不是用卖鸡的钱买了点儿酒？”皮隆猜测着。

丹尼冷笑着对他说：“是莫拉莱斯太太买了点儿酒，

我昨晚去了她家。灯光下，那个女人还挺漂亮的呢，而且也没有那么老。”

听到这里巴勃罗和皮隆又把放下的心提了起来。

“我表哥威利说她已经五十岁了。”皮隆急忙说道。

丹尼摊开双手。“她年纪大又有什么关系呢？”他泰然自若地说，“她非常有活力啊，那个人。她有自己的房子，银行里还有两百美元的存款呢。”紧接着丹尼有点儿难为情的样子。“我想要送一份礼物给莫拉莱斯太太。”

皮隆和巴勃罗紧紧地盯着自己的双脚，精神高度紧张，竭力想要避免即将发生的事情。但是他们的努力一点用也没有。

“要是有一点儿钱，”丹尼说，“我就会买一大盒糖果送给她。”他有意看了看自己的两位房客，但是两个人谁也没有回复他的话。“只需要一两美元就行了。”他提示了一下。

“金记酒家最近在晒鱿鱼干，”皮隆说道，“或许你可以去切半天的鱿鱼。”

丹尼尖刻地说：“让一个拥有着两套房子的人去切鱿鱼，这看起来不大合适吧。但要是能付一点儿房租的话也许就——”

皮隆生气地站起来。“总是说房租，”他大叫起来，“你这是要逼着我们到大街上，到水沟里去睡啊，而你自己却睡在柔软的床上。走吧，巴勃罗，”皮隆气愤地说，

“我们去搞钱，给这个吝啬鬼，这个犹太人。”

他们俩昂首阔步地走开了。

“我们到哪里去弄钱呢？”巴勃罗问道。

“我也不知道，”皮隆说，“也可能他不会再问了吧。”但是丹尼这种不近人情的要求已经深深地搅乱了他们内心的平静。“我们再见到他时，就叫他‘老犹太人’，”皮隆说，“我们是他这么多年来的朋友啊。他饿的时候，我们给他吃的。他冷的时候，我们给他穿的。”

“那都是什么时候的事啊？”巴勃罗问。

“其实吧，反正就是我们有什么，只要他需要，我们就会分给他。我们对待他，就是这个样子的朋友啊。但是现在，他为了给那个老胖女人送一大盒糖果，就这样把我们的友谊碾在地上压得粉碎。”

“吃糖果不利于健康。”巴勃罗说。

如此激动的情绪也让皮隆筋疲力尽了。他坐在路旁的水沟边上，双手托着下巴，闷闷不乐。

巴勃罗也坐了下来，但他只是为了休息一下，因为他和丹尼的交情并不像皮隆和丹尼之间的友谊那么持久、那么好。

沟底满是干草和灌木。皮隆感到悲伤而怨恨，双眼一动不动地朝下凝视着，突然看见灌木丛下伸出了一只胳膊，然后在胳膊的旁边，又看到个装着半加仑葡萄酒的瓶子。他一把抓住巴勃罗的胳膊，指向那个地方。

巴勃罗瞪着眼睛盯着。“他可能已经死了，皮隆。”

皮隆已经缓过气来了，视觉也再次变得清晰了。“要是他死了，这酒对他就没什么用了。他总不能和酒一起埋起来吧。”

那只胳膊动了动，把灌木往后拨动，这时露出了耶稣·玛利亚·科科伦那张脏兮兮的脸和红色的胡茬。“嗨，皮隆！嗨，巴勃罗！”他含糊不清地说，“你们喝的什么？”

皮隆从水沟边跳下，扑到他身上。“朋友，耶稣·玛利亚！你看上去不太好啊！”

耶稣·玛利亚很惬意地笑了。“喝醉了而已，”他喃喃地说着。慢慢地站了起来。“来喝一口吧，朋友们。多喝一些，还有很多呢。”

皮隆把酒瓶放在胳膊肘上倾斜下来，连着吞了四大口，喝了一品脱多，就放下了。然后巴勃罗从他手里拿过酒瓶摆弄着，就像猫在玩弄羽毛一样。他用衣服袖子擦了擦嘴巴，又闻了闻这酒。先稍稍喝了三四口，然后任由几滴酒掉进嘴巴里在舌齿之间打转转，借此吊吊自己的胃口。“圣母玛利亚，这是多么好喝的酒啊！”他说。他举起酒壶，任由红酒畅快地汩汩流进他的喉咙。

巴勃罗还没来得及喘过气来，皮隆的手早就伸了过来。皮隆转过头去看着自己的朋友耶稣·玛利亚，脸上露出了温和而赞赏的神情。“你在树林里发现宝贝了？”他问，“伙计，是不是有什么大人物过世了，在他的遗嘱里面写了你的名字？”

耶稣·玛利亚是个人道主义者，心里一直很善良。他清了清嗓子，吐了一口唾沫。“给我喝点，”他说，“我的喉咙太干了。我一会儿就告诉你们是怎么回事。”他恍恍惚惚地喝着，就好像他有很多很多的酒，可以随时慢慢享用，甚至洒出来一点儿也不会心疼。“两天前的一个晚上，我躺在沙滩上睡觉，”他说，“就是海边附近的那片沙滩。夜里，海浪把一只划艇冲到了岸上。啊，那是一条非常漂亮的小划艇，船桨都还在呢。我爬上了船，把它划到蒙特雷城。这条船最少得值二十美元，但是交易过程不顺当，我就只拿到了七美元。”

“那你还有剩下的钱吗？”皮隆激动地插嘴说道。

“我这不正在讲是怎么回事嘛，”耶稣·玛利亚带着几分尊严说：“我买了两加仑的葡萄酒，带到这林子里来，然后去和阿拉贝尔·格罗斯一起散步。我在蒙特雷城里给她买了一条丝绸裤。她很喜欢那条裤子，裤子很柔软，是粉红色的。接着，我又给阿拉贝尔买了一瓶威士忌，过了一会儿，我们遇到了几个士兵，她就跟着那些当兵的一起走了。”

“啊，居然偷好人的钱！”皮隆惊恐地叫着。

“不，”耶稣·玛利亚神情恍惚地说，“反正她早晚会走的。然后我就到这儿来了，接着就睡着了。”

“那你现在是一分钱都没有了？”

“我也不知道，”耶稣·玛利亚说，“我看看。”他在口袋里摸了一会儿，掏出三张皱皱巴巴的一美元钞票和一枚一角的硬币。“今晚，”他说，“我要给阿拉贝尔·格罗斯买个丰胸的小玩意儿。”

“你说的是那种系带子的丝质小胸罩吗？”

“对啊，”耶稣·玛利亚说，“而且也没有你想象得那么小。”他咳嗽了一下，清了清嗓子。

皮隆立即表现出对他满满的关怀之情。“这是夜里的冷风把你吹的，”他说，“在野外睡觉对身体不好。来吧，巴勃罗，我们把他带回我们的房子里去，给他治一治感冒。这肺病刚开始时，都不算严重，我们会治好的。”

“你在说些什么呀呢？”耶稣·玛利亚说，“我什么事都没有啊。”

“那是你自己的想法，”皮隆说，“鲁道福·克林也是这么想的。一个月前你还去参加了他的葬礼。安杰利娜·瓦斯克斯也这么想。结果她上个星期就死了。”

耶稣·玛利亚吓坏了。“你觉得我这是怎么回事？”

“这就是因为晚上在外面的冷风里睡觉，”皮隆的回答好像很懂行的样子，“你的肺受不了啊。”

巴勃罗把酒壶用一棵很大的野草包裹了起来，伪装得特别好，路过的人都会很好奇地看看，想知道这棵大草里究竟包着些什么东西。

皮隆走在耶稣·玛利亚身边，时不时地碰一下他的胳膊，好提醒他自己的身子不太好。两个人把他带到屋子里，让他躺在一张小床上，尽管天气暖和，他们还是给他盖上了一床旧被子。巴勃罗声情并茂地讲起了那些可怜的人们如何深受肺结核的折磨而痛苦不堪。接着皮隆用令人愉悦的声音，提到住在小房子里是多么的快乐，他的语气中充满了敬意。夜色深沉时，交谈和美酒都渐渐远去，屋外致命的雾气就像巨大的水蛭鬼魂一样贴附在地面上。这个时候，人们是不会出去躺在山谷中的雾气里的，那是会让人生病的。相反的，而是会钻进厚实、柔软而又温暖的床里，像个小婴儿那样沉沉地睡去。

耶稣·玛利亚这个时候还在睡。皮隆和巴勃罗不得不把他叫醒，让他喝口酒。接着皮隆又十分动情地讲了起来，说他们早晨躺在温暖的被窝里，可以睡到太阳升得很高再起床。谁也不想黎明时分就到户外去冻得瑟瑟发抖，只有靠拍手才能防止双手冻僵。

最后，皮隆和巴勃罗慢慢逼近并拿下了耶稣·玛利亚，就像两只悄然无声的猎犬慢慢地围住了自己的猎物一样。他们以每月十五美元的价格把房子租给耶稣住。他欣然接受。大家相互握手以示庆祝。酒壶从裹着的野草中露了出来。皮隆深深地闷了一口，他知道接下来的任务最艰巨。趁着耶稣·玛利亚拿起酒瓶子喝酒的时候，皮隆轻轻地随口说了一句：

“那你现在只需要先付三美元的房租。”

耶稣·玛利亚放下酒瓶，惊恐地盯着他。“那不行，”他直接火了，“我和阿拉贝尔·格罗斯说好了要给她买那个小玩意儿。等时间一到，我自然会付房租的。”

皮隆知道自己犯了个愚蠢的错误。“你躺在海边那片沙滩上时，上帝让那个小划艇漂向了你。你以为仁慈的上帝给你这个东西，是为了让你给罐头厂的荡妇买条丝绸裤吗？绝对不是！上帝这么做是为了让你不会在寒冷的天气里睡在地上冻死。你以为上帝会对阿拉贝尔的乳房感兴趣吗？其实，我们只是先收两块钱的定金，”他继续补充道，“剩下的一块钱，足够你买个大的能够装下奶牛乳房的东西。”

耶稣·玛利亚仍然不肯。

“实话告诉你吧，”皮隆接着说道，“要是我们不给丹尼付两美元，他就会把我们都赶到街上去，那就是你的错了。要是我们都睡在水沟里，你的良心能过得去吗！”

迫于自四面八方的言语攻击，耶稣·玛利亚·科科伦最终屈服了。他把那两张皱皱巴巴的钞票递给了皮隆。

现在，那种紧张的氛围感已经溜出了房间，取而代之的是平和、宁静而又温暖深厚的友情。皮隆放松下来了。巴勃罗把被子抱回自己的床上，交谈又开始热闹起来。

“我们必须得把这钱给丹尼。”

他们一开始的那种强烈的酒瘾过去了，现在小口抿着水果罐头瓶子里的葡萄酒。

“这两美元，丹尼能派上什么大用场呢？”耶稣·玛利亚问道。

皮隆变得神秘兮兮的。他的双手就像一对飞蛾似的舞动着，要不是手腕和胳膊的缘故，早就飞出门外了。“我们的朋友丹尼，最近迷恋上莫拉莱斯太太喽。噢，你可别以为丹尼是个傻瓜。人家莫拉莱斯太太在银行里有两百美元存款呢。现在丹尼想给她送一大盒糖果呢。”

“吃糖不利于健康，”巴勃罗顺着说了起来，“吃糖容易牙疼。”

“这得看丹尼怎么想，”耶稣·玛利亚说，“要是他想让莫拉莱斯太太牙疼，那是他自己的事。我们干嘛要管莫拉莱斯太太的牙呢？”

皮隆脸上蒙上了一片愁云。他很严肃地打断道：“可是，要是我们的朋友丹尼给莫拉莱斯太太送了一大盒糖果，那他自己也会吃点儿。然后疼的就是我们朋友的牙了啊。”

巴勃罗不安地摇摇头：“丹尼信任依赖的朋友们却让他牙疼，那可真是件糟糕的事啊。”

“那该怎么办呢？”耶稣·玛利亚问道，尽管他和另外两人都很清楚该怎么做。但大家都在礼貌地等待着，等着别人先开口，说出那个理所应当的建议。大家继续沉默着。皮隆和巴勃罗认为这个建议不应该由他俩提出来，因为仔细一想就会明白，别人会认为他俩是利益方。耶稣·玛利亚本着对主人尊重的态度闭口不言，不过等他明白过来他们是在等着他去把话挑明时，他就马上开口了。

“要是给女士送一加仑葡萄酒，那也是不错的礼物吧。”他若有所思地提议道。

他如此机灵，皮隆和巴勃罗都感到十分惊讶。“我们可以告诉丹尼，送酒的话对他的牙齿更好一些。”

“但丹尼可能会把我们的忠告当成耳边风。我们要是把钱给了丹尼那家伙，你就不知道他会拿这个钱去做什么了。他可能真得就去买糖果了，那我们就既浪费时间又瞎操心了。”

他们已把耶稣·玛利亚当作给他们出主意的人了，可以帮他们破解尴尬的局面。“也许我们自己把酒买好，然后再把它送给丹尼，可能就没事了。”他提议。

“就这么说定了！”皮隆叫道，“你算是说到点子上了。”

得到了这样的赞誉，耶稣·玛利亚只是客气地笑一笑。他早就意识到，这间屋子里迟早会有人提出这个解决办法的。

巴勃罗把最后一点儿酒倒进那个水果罐头瓶里，在经过这番殚精竭虑之后，大家都疲惫不堪地喝起酒来。对他们来说，这个主意既合乎逻辑，又通情达理，大家都对此感到很自豪。

“我饿了。”巴勃罗说。

皮隆起身走到门口，看了看太阳。“已过中午了，”他说，“我和巴勃罗一起到托雷利酒馆去买点酒，耶稣·玛利亚，你到蒙特雷城里去弄点儿吃的吧。可能码头上的布鲁诺太太会给你一条鱼。也可能在什么地方弄到一点儿面包。”

“我想跟你们一起去。”耶稣·玛利亚说，因为他怀疑两位朋友脑袋里正在琢磨另一个同样合乎逻辑、且同样必然的行动方案。

“那不行，耶稣·玛利亚，”他们坚定地说道，“现在已经差不多两点钟了。再过一小时那就是三点钟了。到时候我们会在这里跟你会合，再吃点儿东西。或许还能够喝上一小杯葡萄酒。”

耶稣·玛利亚很不情愿地动身前往蒙特雷城，而巴勃罗和皮隆却心情愉快地走下山，朝着托雷利酒馆去了。

第五章

圣方济各对他们略施惩戒

下午就这样不知不觉地过去了，就像一个幸福的人在懵懂无知中慢慢老去。阳光里透出了一点淡淡的金色。海湾变得更加湛蓝，海风吹起阵阵涟漪在水面上荡漾。那些孤单的垂钓者觉得鱼儿只有在涨潮的时候才会咬钩，便离开了岸边的礁石，接着他们的位置很快就被别人占了，这些人认为鱼儿在落潮的时候才会上钩。

下午三点，风调转了方向，从海湾轻轻地吹了进来，带来了海上各种各样的海藻味儿。在蒙特雷城的空地上，修补渔网的工人放下了手里的纺锤，卷起了烟卷。一群富态的夫人们坐在一辆大马力的汽车上，穿过城里的街道，朝德蒙特旅馆驶去，她们将在那儿喝下午茶和杜松子酒，这些人的眼里满是疲倦与“精明”，人们经常在猪眼里看到这种疲倦和“精明”。在阿尔瓦拉多街上，裁缝雨果·马查多在店门上贴了个告示：“五分钟后回来”，然后就回家了，他一天的工作也就到此为止了。林子里的松树娇柔妩媚地摇曳着。上百个鸡舍里，母鸡们温和地咕咕叫着，抱怨着自己悲惨的命运。

皮隆和巴勃罗坐在托雷利酒馆院子里的一株卡斯蒂粉红玫瑰花树下，安静地喝着葡萄酒，让午后的时光肆意地在身上缓缓流过，就像让头发自由地慢慢生长一样。

“其实我们不应该把两加仑的酒送给丹尼，”皮隆说，“他喝酒的时候一点儿也不知道控制。”

巴勃罗表示同意。“丹尼看起来挺健康的，”他说，“但是每天都能听到这样健康的人突然死了。看看鲁道夫·凯林。再看看安吉丽娜·瓦斯奎兹。”

皮隆开始认真起来。“鲁道夫掉进了帕西菲克格罗夫北面的采石场里。”他语气中带有一丝责备。“安吉丽娜吃了罐坏掉的鱼。但是吧，”他体贴地继续说，“我明白你的意思。还有很多人是死于酗酒。”

夜晚来临时，整个蒙特雷的人们都在习惯性地忙碌着。古铁雷斯太太把小辣椒切碎，放进玉米卷饼的酱里。卖烈酒的鲁珀特·霍根往杜松子酒里掺了些水，放了起来，等到午夜后供应给顾客，接着他在上半夜要卖的威士忌酒里加了一点儿胡椒粉。在艾尔帕西欧舞厅，布利特·罗森代尔打开一盒椒盐卷饼，放在免费吃的大礼盘里，卷饼摆得就像粗糙的棕色蕾丝花边一样。皇宫制药公司收起了遮阳篷。几个男人在邮局门前晃悠了一下午，与来来往往的朋友相互寒暄，然后朝火车站走去，赶着去看从旧金山驶向德尔蒙特的特快列车进站。海鸥们吃得饱饱的，从鱼罐头厂的海滩上飞起，朝着海中的礁石飞去。成群的鹈鹕在水面上用力地拍打翅膀，赶往任意一个可以过夜的地方。在装有围网的渔船上，意大利裔渔民用巨大的滚筒把渔网收起来。弱小的阿尔玛·阿尔瓦雷斯小姐如今已经九十岁了，每天都会把一束粉红色的天竺葵放在圣卡洛斯教堂外墙上的圣母玛利亚雕像那里。在帕西菲克格罗夫附近卫理公会教徒聚居的村子里，基督教妇女禁酒联盟正在举办茶话会，听一位小个子女士绘声绘色地描述着蒙特雷城的伤风败俗之罪。她认为应该组成一个委员会，去好好看看这些地方的情况到底有多么得糟糕。他们已经频繁地讨论过这种情况了，现在需要新的事实证据。

夕阳西下，天空一片橘黄色。在托雷利酒馆院子里的玫瑰花丛下，巴勃罗和皮隆喝光了一加仑的酒。托雷利从屋子里走出来，穿过院子，没有看见这两位老顾客。他俩坐在那等着，一直等到他走出视线，便起身朝着蒙特雷城走去。巴勃罗和皮隆立马进到屋里，用各种小伎俩，从托雷利太太的手里哄骗晚饭。他们拍拍她的屁股，叫她“奶油鸭”，和她没有分寸地嬉闹着，最后离开时，心满意足，头发有点儿凌乱。

现在蒙特雷已是晚上，华灯初上。各家各户的窗子里都透出柔和的光。蒙特雷剧院开始用灯光一遍又一遍地拼出“地狱之子——地狱之子”。一小群狂热的钓鱼人认为晚上鱼儿更容易上钩，所以坚守在海边冰冷的礁石上。一丝雾气飘过街道，缠绵在各家的烟囱周围，空气中弥漫着一种松木燃烧的香味。

巴勃罗和皮隆回到玫瑰花丛处，坐在地上，但不像以前那样心满意足了。“这儿太凉了啊。”皮隆说着，喝了一口酒暖了暖身子。

“我们应该回到自己房子里，那里暖和。”巴勃罗说。

“可是没有柴火烧炉子了啊。”

“这样吧，”巴勃罗说，“你拿着这些酒，我会到街角那儿和你碰面。”大约半个小时后，他们碰头了。

皮隆耐心地等待着，因为他知道有些事连朋友也帮不上忙。在等着的时候，皮隆一直警觉地凝视着街上托雷利所走的那个方向，因为托雷利是一个很强势的人，对他来说，不管你想得多么周到，说得多么好听，任何解释都是胡言乱语。另外，皮隆知道，托雷利对待婚姻关系有着意大利人那种十分夸张的、又完全不切实际的理想主义。但是皮隆的担心白费了。他并没有看见托雷利怒气冲冲地回家。没过多久巴勃罗就来和他会合了，皮隆看到他从托雷利家的柴火堆里抽出来一大抱的松树枝柴火，既钦佩又满意。

巴勃罗在回家的路上都没有提到刚才的冒险经历，直到回到家里，他才模仿着丹尼的话说：“那只奶油鸭很有活力啊。”

皮隆在暗处点了点头，用平静的哲学家般的语气说道，“人们很难能够在一个市场里找全所有的东西——红酒、食物、爱情和柴火。我们一定要记住托雷利，巴勃罗，我的朋友。这个人值得交往。我们必须找个时间给他送点儿小礼物。”

皮隆把铁炉子生起火，火苗烧得旺盛。两人把椅子拉到火炉旁，把装酒的水果罐头瓶靠近炉火，把酒加热一下。这天晚上的灯光是神圣的，因为巴勃罗买了一支蜡烛，准备为圣方济各点燃。在这个神圣的计划完成之前，不知是什么事分散了他的注意力。现在，那根小蜡烛在鲍鱼壳里燃烧着并发出美丽的光，把巴勃罗和皮隆的影子投在墙面上，轻轻地跳起了舞。

“我想知道那个耶稣·玛利亚去哪儿了。”皮隆说。

“很久前他答应过会回来，”巴勃罗说，“我不知道这个人值不值得相信。”

“可能是什么小事耽搁了吧，巴勃罗。耶稣·玛利亚长着红胡子，心地善良，差不多总是会和女人们纠缠不清。”

“他那脑袋就跟蚂蚱似的，”巴勃罗说，“忙着唱歌、跳舞、玩耍，没个正形。”

他们没有等很久。刚要开始喝第二罐酒的时候，耶稣·玛利亚就摇摇晃晃地进来了。他双手扶住门框的两边，以维持身体的平衡。衬衫破了，满脸都是血。在跳动的烛光映照下，一只眼睛显得阴森可怖。

巴勃罗和皮隆冲向他。“我们的朋友啊！他受伤了。他从悬崖上摔下来。火车从他身上碾压过去！”话里没有一点讽刺的语气，可耶稣·玛利亚却听出了最阴险毒辣的讥讽。他用那只正常的眼睛怒视着他们，这只眼睛还能自主控制。

“你们的娘都是不产奶的奶牛，”他骂道。

听到这番粗俗的咒骂，两个人都吓得后退了几步。“我们的朋友脑子摔坏了。”

“他的头盖骨肯定受伤了。”

“给他倒点儿酒，巴勃罗。”

耶稣·玛利亚愁眉苦脸地坐在火炉旁，摩挲着手里装酒罐头瓶，两个朋友则是耐心地等着他解释他的悲惨遭遇。但是他好像并不想让朋友们知道到底发生了什么。虽然皮隆已经清了好几次嗓子了，巴勃罗也一直用同情和理解的目光凝视着他，但是耶稣·玛利亚却只是闷闷不乐地坐着，怒视着炉火、红酒，和那支神圣的蜡烛，直到那让人压抑的沉默最终逼得皮隆同样不爽。后来，他也不知道怎样才好。

“又是那些当兵的吗？”他问道。

“是，”耶稣·玛利亚咆哮起来，“这次他们来得太早了。”

“一定是二十个当兵的才会把你打成这样。”巴勃罗这么说是想让他的朋友提起精神来。“大家儿都知道你打架可狠了。”

耶稣·玛利亚的确实看起来开心了一点儿。

“他们四个人，”他说，“阿拉贝尔·格罗斯也帮他们打我。她用一块石头打我的脑袋。”

皮隆感到心中有一股怒火正在燃烧。“我都不想再提醒你了，”他严厉地说，“朋友们都曾警告过你，要提防这个罐头厂的荡妇。”他也忘了自己有没有警告过耶稣·玛利亚，只是记得好像他这么做过。

“我的朋友，这些低贱的白人丫头都太恶毒了，”巴勃罗插嘴说道，“不过你给她那个现在流行的小玩意儿了吗？”

耶稣·玛利亚把手伸进他的口袋里，掏出了一团皱皱巴巴的粉红色人造棉文胸。“我还没来得及给呢，”他说，“我刚要找到时机，再说我们还没有走进小树林呢。”

皮隆抽了抽鼻子，摇了摇头，但也悲伤无奈地表示理解。“你刚喝了威士忌。”

耶稣·玛利亚点了点头。

“你从哪儿搞来的威士忌？”

“从那些当兵的那儿弄的，”耶稣·玛利亚说，“他们把它藏在一个涵洞里了。阿拉贝尔知道这酒藏在那儿，就告诉了我。然后那些当兵的看见我们拿着酒瓶子。”

这个故事的来龙去脉渐渐清晰起来了。皮隆喜欢这种方式。所有的情节要是一下子都说出来就不好玩了。好的故事总是要只讲一半，剩下的由听众靠自己的经历来补充完整。他从耶稣·玛利亚的腿上拿起那件粉红色胸衣，在上面摸来摸去，陷入了沉思。但是不一会儿，他的眼睛里就闪耀着欢快的光芒。

“我知道了，”他喊了起来，“我们把这个东西送给丹尼，让他送给莫拉莱斯太太当礼物吧。”

除了耶稣·玛利亚之外，每个人都在为这个想法拍手叫好，而耶稣·玛利亚绝望地发现只有他自已一人不支持。巴勃罗很细心，理解他的挫败感，给他的杯里又添满了酒。

过了一小会儿，三个人都笑了。皮隆讲了一件发生在他父亲身上的滑稽事。三个伙伴又恢复了好心情。他们欢快地唱起歌来。耶稣·玛利亚摇摇晃晃地跳了一段舞，来证明他伤得不重。罐子里的酒越来越少，但是还没喝完，三个人就昏昏欲睡了。皮隆和巴勃罗摇摇晃晃地上床睡了，耶稣·玛利亚舒舒服服地躺在火炉旁的地板上也准备睡了。

炉子里的火熄灭了。屋子里响着沉睡的鼾声。前屋里只有一个东西在动。那支神圣的蜡烛上尖尖的小火苗以难以置信的速度上下蹿动着。

后来，这支小小的蜡烛让皮隆、巴勃罗和耶稣·玛利亚开始琢磨道德和伦理问题。简简单单的一根小蜡烛，中间穿着一根细绳。这样一件东西，你能说，可以用某些特定的物理定律来解释，别的任何解释都说不通。你可能会认为，它的特性是由热燃烧的某些特定原理决定的。你点燃了灯芯，蜡遇热融化，溶入到灯芯里。蜡烛燃烧几个小时，然后就熄灭了，仅此而已。之后整个过程也就结束了，至于蜡烛，不一会儿也就被人们忘掉了，再往后呢，就像根本没有存在过一样。

你忘了这支蜡烛是神圣的吗？在良心发现或者说是纯粹的宗教情怀升华的那一刻，巴勃罗不是想要把这支蜡烛献给圣方济各吗？这是让蜡烛突破物理学原理的意义。

蜡烛把它尖尖的火焰对准了天堂，就像一位艺术家为了追求神圣将自己的一生消耗殆尽。蜡烛越烧越短。外面突然刮起了风，风从墙上的裂隙中钻了进来，把烛火吹倒了。墙上挂着一张丝绸面的挂历，上面画着一个漂亮女孩的面庞，女孩周围环绕着一个心形的美国蔷薇花环。风把日历吹得飘了起来，碰到了蜡烛的火苗。火焰舔着丝绸，向着天花板冲去。一块悬着的墙纸烧着了，掉在了一捆报纸上燃烧了起来。

在苍穹之上，圣人和殉道者们面不改色，无情地俯视着。这根蜡烛是神圣的，它属于圣方济各。今晚，圣方济各的祭台上将会有一支大蜡烛。

如果能够测定熟睡程度的话，那么可以公正地说，巴勃罗睡得比他的两个朋友都要沉。这场火灾，他难辞其咎。可是既然没有办法衡量，只能说他睡得非常非常沉。

火焰窜上了墙壁，在屋顶上顺着小破洞钻了出去，并蔓延到夜幕中。整座房子被熊熊大火吞噬着。耶稣·玛利亚艰难地翻了个身，开始在睡梦中脱下外衣。然后，一块燃烧的木瓦掉到他脸上。紧接着，他大叫一声跳了起来，看着四周燃烧的火焰，惊呆了。

“皮隆！”他尖叫着，“巴勃罗！”他跑进另一个房间，把他两个朋友从床上拉起来，推出了房子。皮隆手里还抓着那件粉红色的胸衣呢。

他们站在起火的房子外面，看着那扇开着的门，那儿已经被熊熊烈火包围了。能看到桌上放着的酒罐，里面剩的酒足足有两英寸高。

皮隆感觉出耶稣·玛利亚身上那种野性的英雄大无畏气概在怂恿他跃跃欲试。“不能去，”他大喊道，“作为对我们的惩罚，一定得让那酒都烧光了，谁让我们把它留在那儿了呢。”

他们听到了警笛的声音，以及蒙特雷城消防队的消防车，爬坡时挂二挡的轰鸣声。巨大的红色消防车越来越近了，车上的探照灯在松树林间闪烁着。

皮隆急忙转向耶稣·玛利亚，说：“快跑去告诉丹尼，他的房子着火了。快点跑啊，耶稣·玛利亚。”

“你怎么不去啊？”

“听我说，”皮隆说，“丹尼不知道你也租了他的房子。他可能对我和巴勃罗会有点儿生气。”

耶稣·玛利亚明白了其中的道理，向着丹尼的房子跑去。房子里一片黑漆漆。“丹尼，”耶稣·玛利亚哭喊着，“丹尼，你的房子着火了！”没有人回答。“丹尼！”他又叫起来。

隔壁莫拉莱斯太太家的一扇窗打开了。丹尼听起来十分烦躁：“你他妈的到底要干嘛？”

“你另一座房子着火了，就是巴勃罗和皮隆住的那座。”

丹尼一时间没有说话，然后问道：“消防队来了吗？”

“来了。”耶稣·玛利亚哭喊着说。

这时火光已经照亮了整个天空，能听见木头燃烧时噼里啪啦的响声。“那好吧，”丹尼说，“要是消防队都没办法了，皮隆还能指望我做什么呢？”

耶稣·玛利亚听见窗户“砰”的一声关上了，他转身，朝火场跑去。他知道，刚才不是叫丹尼的好时候，但是谁又能知道这个呢？要是丹尼不知道自己的房子起火了，会生气的。耶稣·玛利亚很庆幸自己已经和丹尼说了这事。现在责任就落到莫拉莱斯太太身上了。

这是一座小房子，有很多穿堂风，墙壁也非常干燥。可能自从老唐人街的那场火灾以后，还没有哪次火灾发生得如此迅速，而且燃烧得如此彻底。消防队员看了看正在熊熊燃烧的墙壁，就着手浇湿周边的灌木丛、树林和附近的房子。不到一小时，整个房子都烧没了。直到这时，灭火的水管才开始在一堆灰烬上洒水，以便能把木炭上的余火和火星扑灭。

皮隆、巴勃罗和耶稣·玛利亚并肩站着，看着发生的一切。蒙特雷城来了一半的居民，而薄饼坪上除了丹尼和莫拉莱斯太太以外，所有的人都来了，他们兴奋地站在一旁，围观着这场大火。最后，一切都结束了，只有黑色灰烬上方升起的一片水蒸气，皮隆一言不发地转身走开了。

“你去哪儿啊？”巴勃罗喊道。

“我走了，”皮隆说，“到树林子里接着睡一觉。你们也去吧。要是丹尼这段时间内看不见我们，还好点儿。”他们心情沉重地点点头，跟着他走进松树林。“这对我们是个教训啊，”皮隆说，“这事让我们知道，永远不要把酒留在房子里过夜。”

“那下次的话，”巴勃罗绝望地说，“你把酒拿到房子外面去，别人就给偷走了。”

第六章

丹尼的朋友们终获宽恕，重拾友谊

太阳升到了松树林上方，照得大地暖洋洋的，天竺葵叶片上的露水已经晒干了。这时，丹尼走到门廊上，坐在阳光底下晒太阳，沉思着，心里也暖暖的。他脱下鞋子，把脚放在门廊那里晒得温暖的地板上，扭动着脚指头。一大早，他过去看了看那块方形的黑色灰烬和扭曲的水管，那曾是他的另一座房子。正常来说，他肯定对自己那些粗心大意的朋友们有点儿怨气，也曾一度感到悲哀，觉得这尘世间的财富转瞬即逝，但是这种短暂也让精神财富与之相比显得更加珍贵。他又想了一下，自己不可能再做房东了。各种情绪都得到满足和释放之后，他终于体会到自己真正的感受，那是一种解脱的滋味，因为至少卸掉了一个负担。

“要是房子还在的话，我就会想着要房租了，”他心想，“我的朋友们就会对我冷淡，因为他们欠我钱，而现在我们又可以自由快乐了。”

不过，丹尼明白，他必须稍微惩罚一下这几个朋友，否则他们会以为自己软弱可欺。因此，他坐在门廊上，挥着手驱赶苍蝇，这对苍蝇来说所传达的信息与其说是威胁，不如说是警告，他的脑子里一直重复着必须要对几个朋友们说的那些话，只有说过之后，他才能让他们重新回到自己的朋友圈里。他必须让朋友们知道，自己不是一个任人欺负的人，但是他又非常渴望尽快结束这一切，再次成为那个人人都爱的丹尼，人们一有酒或肉就会去和他分享。自从他有了两座房子以后，人们就都认为他是有钱人了，这让他错过了很多跟着吃吃喝喝的好机会。

皮隆、巴勃罗和耶稣·玛利亚在林子里铺满松针的地上睡了很长时间。昨天晚上都非常兴奋，累坏了。终于，正午灼热的阳光照在他们脸上，蚂蚁也在身上爬来爬去，两只蓝色的松鸡站在附近的地上，发出各种难听的声音。

不过，其实真正让他们睡不着的是一群野餐的家伙，就在对面灌木丛的位置，他们打开了一个大大的午餐篮子，香味飘到了皮隆、巴勃罗和耶稣·玛利亚的鼻子里。他们醒了，坐了起来，突然意识到自己面临的恶劣处境。

“这火起初是怎么烧起来的？”巴勃罗哀怨地问道，可谁也不知道。

“或许，”耶稣·玛利亚说，“我们最好到另一个镇去住一阵子，沃森维尔或萨利纳斯都是些不错的镇子。”

皮隆从口袋里掏出那件胸衣，在光滑的粉红色丝绸布料上摸了摸。他举起胸衣对着阳光，透过丝绸看着。

“那样做只不过是在拖延时间罢了，”他决定了，“我觉得最好是去找丹尼，和他承认错误，像小孩子向父亲认错一样。这样他就只会觉得不好意思而不好再说别的什么了。再说了，我们不是还有这个要送给莫拉莱斯太太的礼物吗？”

朋友们都点了点头，表示赞同。皮隆的目光迷离，穿过浓密的灌木丛，落到了那些野餐的人身上，尤其是那个硕大的午餐篮子，里面散发出来芥末鸡蛋浓烈刺鼻的芥末香味。皮隆的鼻子就像兔鼻子那样皱了一下。他安静地思索了一番，笑了笑。“我要去散散步，朋友们。我们过会儿在采石场那边见吧。要是可以的话，不要带那个篮子。”

他们面带愁容地看着皮隆站起身来，穿过树林，径直朝着野餐的人和那个篮子的方向走去。几分钟之后，巴勃罗和耶稣·玛利亚听到了狗叫、鸡啼、又高又尖的笑声、野猫的咆哮，接着是一声短促的尖叫和呼救声，他们俩对此一点儿也不惊讶。但是野餐的人非常吃惊，而且极为好奇。那两男两女丢下了篮子，朝着发出这各种喧闹声的地方跑去。

巴勃罗和耶稣·玛利亚听了皮隆的话。他们没有拿篮子，但事后他们的帽子和衬衫上总是带有芥末鸡蛋的痕迹。

下午三点左右，三个忏悔者慢慢地朝着丹尼的家走去。他们怀里抱着请求和解的礼物：橘子、苹果、香蕉、瓶装橄榄和腌菜、火腿三明治、鸡蛋三明治和瓶装苏打汽水，还有一纸盒土豆沙拉和一份《星期六晚邮报》。

丹尼看见他们过来了，站起来努力回想着自己要说的那些话。他们在他面前站好排成一行，低下了头。

“狗娘养的杂种”，丹尼骂他们，“你们这些抢体面人房子的小偷”，还骂他们是“乌贼下的蛋”。他用“母牛”骂这几位的娘，用“老山羊”骂他们的爹。

皮隆打开手里的纸袋，露出了火腿三明治。但是丹尼说他再也不会相信朋友了，他的信任感在风霜雨雪中冻伤了，他的友谊之情也遭到了践踏。然后他就开始有点儿记不起自己接下来该说什么了，因为巴勃罗从怀里掏出了两个芥末鸡蛋。但是丹尼随即又开始说起老一辈们，批判了那一辈女人的德行和男人的能力。

皮隆从口袋里掏出了那件粉红色的胸衣，胸衣没精打采地在他的指缝间晃来晃去。

这下丹尼已经把要说的话完全忘记了。他在门廊上坐了下来，朋友们也坐了下来，带的几个包都被打开了。他们一直吃到撑得不舒服才停下。一小时后，他们几个人舒舒服服地倚靠在门廊上，除了消食之外，几乎什么都不关心了。这时，丹尼才漫不经心地问了一句，好像这件事情已经很久远了：“那火是咋烧起来的？”

“我们也不知道，”皮隆解释说，“我们都睡着了，然后就着火了。可能是有敌人吧。”

“有可能，”巴勃罗虔诚地说，“有可能是上帝插手了。”

“谁能说得清楚这位仁慈的上帝为什么会做这样的事呢？”耶稣·玛利亚附和道。

皮隆把胸衣递给丹尼，并解释说这是给莫拉莱斯太太的礼物，丹尼沉默了。他用怀疑的目光看着这件胸衣。他猜到几位朋友是想要讨好莫拉莱斯太太。“那个女人不值得送礼物。”他最后开口说道。“我们经常用丝袜维系与女人的关系。”他没有办法向朋友解释，他和莫拉莱斯太太的关系已经冷淡了，因为他现在只有一座房子了。而且出于对莫拉莱斯太太的尊重，他也没有办法明说自己对于这种冷淡其实很高兴。“我把这个小东西收起来吧，”他说，“可能总有一天会有人用得上的。”

夜幕降临，他们走进屋内，用松果把炉子生起了火。丹尼为了表示原谅，拿出一夸脱格拉巴酒，和朋友们一起分享烈酒燃起的热情。

他们轻松地开始了新的生活。“莫拉莱斯太太的鸡都死了，太可惜了。”皮隆说。

即便如此，通往幸福的路上仍无障碍可言。“她准备星期一再去买上两打新鸡，”丹尼说。

皮隆心满意足地笑了。“索托太太的那些母鸡不够好”他说，“我告诉她那些鸡要喂贝壳粉，但她压根就不理我。”

他们喝着一夸脱格拉巴酒，这一点儿酒刚好够他们增进友谊。

“有朋友真好啊，”丹尼说，“如果没有朋友一起聚聚，没人一起分享美酒，那一个人在这个世界上该多么寂寞啊。”

“一块儿吃三明治也行啊。”皮隆很快补充道。

巴勃罗还没有完全走出懊恼的痛苦，因为他怀疑房子着火是天意。“世界上像你这样的朋友太少了，丹尼。没有多少人能像你这样让人得到安慰。”

在丹尼还没有完全迷失在朋友们的溢美之词时，他及时发出了警告。“你们都离我的床远点儿，”他命令道，“这是我必须给自己留着的。”

虽然没有人明说，但四个人都知道，他们会一起住到丹尼的房子里。

皮隆高兴地舒了一口气。房租的烦恼已经消失了，也没有了欠钱的负担。他不再是个租客，而是一个客人。他在心里面庆幸另一座房子烧毁了。

“我们住在这里都会非常幸福的，丹尼，”他说，“晚上，我们可以坐在火炉旁，朋友们也会来和我们玩。时不时地我们还可以为了友谊喝上一杯。”

这时，在一片强烈感激之情的浸染下，耶稣·玛利亚轻率地许下了一个承诺。罪魁祸首是格拉巴酒，那一夜的大火，还有所有的芥末鸡蛋。他觉得自己得到了巨大的馈赠，他也想与人分享这份恩惠。“我们保证丹尼的房子里永远都会有吃的，这将会是我们的任务和责任，”他慷慨激昂地宣布，“我们的朋友永远不会饿肚子。”

皮隆和巴勃罗惊慌地抬起头来，但是话已经说了——这是一个既美好又慷慨的承诺。没有人可以不受惩罚地毁掉承诺。说完之后，就连耶稣·玛利亚都意识到了自己的这个承诺分量很重。他们三个人只能盼望着丹尼能够忘掉这件事。

“因为，”皮隆默默地心想着，“要真得去履行这个承诺，那会比付房租还要糟糕。那就是当奴隶啊。”

“我们发誓能做到，丹尼！”他说。

几个人围坐在火炉旁，眼里饱含泪水，他们彼此之间的深情几乎是让人无法承受的。

巴勃罗用手背擦了擦湿润的眼睛，附和着皮隆说的话。“我们住在这里会很幸福的。”他说。

第七章

丹尼的朋友们伸张正义，救助了可怜的海盗

每天都会有很多很多的人看见那个海盗，有的人嘲笑他，有的人同情他，但是没有人了解他，也没有人去搭理他。他高大魁梧，长着一脸乌黑浓密的胡子。穿着牛仔裤和蓝色衬衫，不戴帽子。在城里的时候，穿着鞋子。当海盗面对任何一个成年人时，他的眼睛都会流露出一种畏缩的神情，那种神神秘秘的眼神很像某些动物，只要它们敢于转过身去长时间背对着人，马上就会逃跑。就因为他的这种神情，蒙特雷的帕沙诺人都知道，他的头脑没有跟身体的其他部分一起发育成长。人们叫他海盗是因为他有大胡子。每天都有人看见他推着载着油松木柴的手推车在街上卖，直到全卖光为止。他的五条狗总是成群结队地跟在后面。

虽然恩里克的尾巴是毛茸茸的，但它的外表看上去却很像猎犬。帕哈里托是只褐色的卷毛犬，他身上只有这两个特点能够引人注目。见到鲁道夫，路人们都会说“他是只美洲犬”。弗拉夫是一只哈巴狗，而亚历克·汤普逊先生则似乎是一只艾尔谷犬。这五条狗总是跟在海盗后面走来走去，很尊敬他，也非常关心他。当他推手推车推得累了坐下来休息时，它们都想坐在他腿上，让海盗挠耳朵。

有人会一大早在艾尔瓦拉多街上看见海盗，有人看见过他劈柴，有人知道他卖引火用的柴，但是除了皮隆以外没有人知道海盗曾经做过什么。皮隆认识所有的人，也知道每个人所有的事。

薄饼坪上一座废弃房子的院子里有一个废鸡棚，海盗就住在那儿。可能他觉得住在房子里太放肆了。他的狗或者依偎在他身边或者躺在他身上，海盗喜欢这样，因为在那寒冷的夜晚，狗让他感觉温暖。他要是脚冷的话，只要把脚放在亚历克·汤普逊先生的肚子上就会暖和。这个鸡棚非常矮，海盗不得不用手和膝盖匍匐着爬进去。

每天清晨，天还没亮，海盗就从鸡棚里爬出来，狗就跟在后面，抖抖身子，在寒冷的空气中打着喷嚏。然后他们就一起走下山去，进到蒙特雷城里，沿着一条巷子走进去。这条巷子里有四五家餐馆的后门开着。每走到一家，海盗就走进餐馆的后厨房，厨房里暖和和的，散发着食物的美妙香气。那些厨师们一边抱怨着，一边把一包包的残羹剩饭放到他手里。但是他们也不明白自己为什么要这样做。

海盗把每个后门都走了一遍以后，抱着一大抱装着剩饭剩菜的包裹，接着他再走回到山上的门罗街那儿，走进一片空地，他的狗兴奋地围着他转。这时他就会打开那些包裹来喂狗。至于他自己嘛，拿块面包，或者从每个包里拿出片肉，但是他都不给自己挑最好的。五条狗在他周围坐下来，在等待食物的时候，它们紧张地舔着嘴巴，两只前腿轮流抬起又放下。它们从来没有去抢过，这倒是一件令人惊讶的事。海盗的狗互相之间也从来不打架，但它们会和蒙特雷大街上其他任何四条腿的家伙们打架。看着这五条狗一起追着猎狐犬和波美拉尼亚狗跑，就像赶兔子一样，真是件让人开心的事啊。

吃完早餐，天也已经亮了。海盗坐在地上，看着天空慢慢地变成蓝色。在山下的海湾里，他看见很多纵帆船装着满夹板的木材出海去了。他听见在中国角附近的钟形浮标传来悦耳的钟声。狗围着他坐着，啃着骨头。海盗似乎是在用听觉而不是视觉感觉一天的到来，因为虽然他的眼睛没有到处看，但是他的身上却有着一种专注的氛围。他的两只大手朝狗伸去，随意地抚慰着它们，手指在狗的粗糙毛发上轻轻地摩挲着。大概半个小时之后，海盗走到空地的角落里，掀掉盖在手推车上的麻布袋，把自己藏在地里的斧头挖了出来，他每天晚上都把斧头埋在那儿。然后他把小推车推上山，走进林子里，直到他找到一棵满是松脂的枯树才会停下来。到了中午时分，已经装了满满一车不错的引火木柴。然后他仍然是带着五条狗，沿着街一路卖柴，直到把整车柴全卖完，挣到二十五美分。

所有的这一切都是可见的，但是他拿着这些钱准备干什么，谁也不清楚。他也从来没有花过钱。到了晚上，狗保护着他，让他钻进树林里，把白天赚的二十五美分和以往好几百个二十五美分藏到一块儿。不管是藏在什么地方吧，他已经藏了一大笔钱了。

皮隆是个精明的人，他的同伴们生活中的任何细节都逃不过皮隆的眼睛，他发现深藏在熟人心中的秘密之后会感到无比的高兴，经过合理的逻辑推理，他发现海盗在攒钱。皮隆是这样推断的：“海盗每天都能挣二十五美分。如果是两个十美分和一个五美分的硬币，他就会把它们拿到商店里，换一个二十五美分的硬币。他根本就没有花钱。所以啊，他一定是把那些钱藏起来了。”

皮隆想试着算算这笔钱到底有多少。这么多年来，海盗一直是这样生活着的。他每个星期砍六天的柴，星期天到教堂去做礼拜。他的衣服是从别人家的后门那里捡的，他吃的东西是从餐馆的后门那里要的。皮隆对这个庞大的数字困惑了一会儿，算不清楚，于是就放弃了。“这个海盗至少有一百美元，”他心想。

皮隆考虑这件事已经很长时间了。但是就是在头脑一热愚蠢地许下那个保证丹尼不饿肚子的承诺之后，皮隆才惦记起海盗藏的那笔钱，觉得这笔钱对自己有了关乎切身利益的意义。

皮隆在想怎么解决这个问题之前，就已经考虑了很久，做好了充分的思想准备。他为海盗难过。“可怜这个懵懂无知的小家伙，”他自言自语。“上帝没有把他应有的大脑全部给他。那个可怜的小海盗并不能好好地照顾自己。看啊，他住的是肮脏的旧鸡舍。他吃的都是只有狗才吃的剩菜剩饭。他穿的也是又破又单薄。因为他的脑子不灵光，所以他才把钱都藏了起来。”

到现在为止，皮隆怜悯之心的铺设已经完成了，他开始考虑着手解决问题。“这岂不是一件功德无量的事嘛，”他心里想，“替他做他自己做不了的事情，给他买件暖和的衣服，给他吃适合人吃的食物。但是吧，”他提醒自己，“我没有钱做这些事啊，虽然我的内心是一直蠢蠢欲动的。但是怎么样才能把这些好事做成呢？”

现在他总算有点思路了。皮隆就像一只猫，用了好几个小时慢慢靠近一只麻雀，随时准备扑过去。“我明白啦！”他想着。“事情是这样的：这海盗有钱，但他却没有花钱的脑子。我有这个脑子啊！我要把我的脑子借给他用。我免费给他出主意。这就是我对这个可怜的小家伙做的善事了。”

这是皮隆计划里最为巧妙的地方。他心中燃起了一股强烈的渴望，就像艺术家急着向观众展示自己的作品一样。“我要去跟巴勃罗说说这件事。”他心想。可他不知道自己到底敢不敢这么做。巴勃罗真的值得信任吗？难道他不会想从这些钱里拿出一部分来给自己用吗？皮隆决定至少在这个时候还是不要冒风险。

令人惊讶的是，每一只邪恶的黑色动物，它的肚皮都会像雪一样洁白。人们在天使们身上发现了隐藏的丑陋，比如麻风病，这是令人感到悲哀的事。荣耀与安宁都属于皮隆，因为他已经找到了方法，知道如何揭示并且向世界展现每一件邪恶的事情里隐含的善意。他也不像很多圣人一样，对善事中的邪恶视而不见。难过也罢，但必须承认，皮隆既不愚蠢，也不自以为是，而且也不贪图成为圣人。让皮隆做些善事，让弟兄们的友情散发出耀眼的光芒，这就足够了。

就在那天晚上，皮隆来到了海盗和他的狗住的鸡舍。丹尼、巴勃罗和耶稣·玛利亚坐在火炉旁，看着他走了，但什么也没说。因为他们暗自在心里想，要么是爱情的气氛弥漫在皮隆周围，要么就是他知道到哪里去弄点儿酒来。不管是什么，在皮隆告诉他们之前，这都与他们无关。

天色已经很晚了，但是皮隆的口袋里还揣着一支蜡烛，他说话的时候要是能看清海盗脸上的表情，那就太好了。皮隆的袋子里装着一块又大又圆的糖饼干，是在面包房里打工的苏茜·弗朗西斯科送给他的，皮隆替她赢得了查理·古兹曼对她的爱，这份饼干是她送给皮隆的谢礼。查理是邮局电报投递员，骑着摩托车。苏茜还有一顶男式的帽子，如果查理邀请她和他一起坐摩托车，她就可以把这顶帽子反着戴了。皮隆认为海盗可能会喜欢这个糖饼干。

天完全黑了下来。皮隆沿着一条狭窄的街道小心翼翼地往前走，街道两旁是空地和无人照料、杂草丛生的废院子。

加尔韦斯家的凶狠的牛头犬咆哮着冲出了他家的院子，皮隆对着它说着好话安抚着。“乖乖的狗哎，”他温柔地说，“漂亮的狗啊。”虽然明显都是些假话。但是这些话还是把这只牛头犬给打动了，因为它已经退回到加尔韦斯家的院子里去了。

皮隆终于来到了海盗住的荒废的破院子。现在他知道他必须得小心点，因为大家都知道，海盗的狗一旦怀疑有人对他们的主人怀有恶意，它们就会疯狂得去保护自己的主人。皮隆刚踏进院子的时候，就听见鸡舍里传出那些狗低沉而带有威胁性的咆哮声。

“海盗，”他喊道，“我是你的好朋友皮隆啊，来跟你说说话的。”

一片沉默。狗也停止了咆哮。

“海盗，没事啊，就只是我，皮隆。”

一个低沉粗暴的声音回答了他：“走开。我在睡觉。狗也都在睡觉。天黑了，皮隆。回去睡觉吧。”

“我口袋里有根蜡烛，”皮隆大声说道，“点上这根蜡烛，它能把你那黑咕隆咚的屋子照得跟白天一样亮堂。我还给你带了一块大的糖饼干呢。”

鸡舍里传来一阵窸窸窣窣的噪声。“那就来吧，”海盗说，“我会告诉狗一切都好。”

皮隆穿过杂草丛时，听见海盗在温声细语地跟他的狗说话，向它们解释说，只是皮隆过来了，他不会伤害我们的。

皮隆在黑暗的门口弯下了腰，划了一根火柴，点亮了蜡烛。

海盗坐在脏兮兮的泥地上，狗都围在他身边。恩里克咆哮了一声，海盗不得不再次把它安抚一番。“这只狗不如别的狗那么聪明。”海盗心情愉悦地说着。他的眼睛里洋溢着幸福，就像个逗乐了的孩子带着欢快的眼神。他笑起来的时候，那口又大又白的牙齿在烛光中闪闪发亮。

皮隆拿出纸袋来，递过去。“这些饼干很好吃，给你的。”他说。

海盗接过纸袋，往里看了看，然后高兴地笑了，把饼干掏了出来。狗都对着他咧开嘴笑着，不停地摆动着前腿，舔着嘴巴。海盗把饼干掰成了七块。第一块给了皮隆，因为他是客人。“好了，恩里克。”他说，“接下来是，弗拉弗。下一位，亚历克·汤普逊先生。”每条狗都接过自己那一份，然后一口吞了下去，接着还想再吃。最后那块是海盗自己的，他吃了自己的那份以后，对着狗举起双手让它们看。“没有了，你们瞧。”他告诉它们。这些狗立刻在他的身边躺了下来。

皮隆坐在地板上，把蜡烛立在面前的地上。海盗难为情地看着他，眼睛里充满了疑惑。皮隆安静地坐着一声不吭，故意让海盗的脑子里闪过各种各样的疑问。最终，他开口了：“你让朋友们对你很担心啊。”

海盗的眼中充满了惊讶。“我？我的朋友吗？什么朋友？”

皮隆让自己的嗓音变得柔和起来。“你有许多朋友都在为你着想啊。他们没有来看你，是因为觉得你太骄傲了。他们认为你要是让他们看到你住在鸡舍里，衣服也穿得破破烂烂的，和你的狗们一起吃着些剩菜剩饭，会伤你的自尊心啊。但是你的这些朋友们担心啊，担心你这样生活可能会让自己生病啊。”

海盗听着他说这些，惊诧得屏住了呼吸，他的脑子努力地想弄明白他听到的这些新东西。他也没有怀疑这些话是真是假，因为这是皮隆一字一句地说出来的。“我有这么多朋友吗？”他惊讶地说。“我还不知道这种事呢。我让那些朋友们担心了。我不知道，皮隆。要是我早就知道的话，我就不会让他们担心了。”他咽了口唾沫，清了清嗓子，不让声音听起来哽咽。“你看啊，皮隆，狗喜欢待在这儿。就是因为它们喜欢，我才喜欢。我没想到会让我的朋友们为我担心了。”泪水涌上了海盗的眼睛。

“可是，”皮隆说，“你的这种生活状态让你的朋友们都感到不安心啊。”

海盗低下头看着地面，试图能够清晰地思考一番，但是就像往常一样，当他越想要解决一个难题时，他的头脑就变得越不清楚，一点儿帮助也没有，只有一种无助的感觉。他看向自己的狗想要寻求保护，但是他的狗全都睡着了，因为这不关它们的事。于是他诚心诚意地望着皮隆的眼睛。“你得跟我说该怎么办啊，皮隆。我不懂这些事啊。”

这也太容易了吧。皮隆觉得有点不好意思，这事竟然这么容易就办成了。他犹豫起来，差点就要放弃了，但随即明白过来，如果放弃的话，他会生自己的气的。“你的朋友们都很穷啊，”他说。“他们想帮助你，但是他们没有钱。要是你藏着钱，还是把它拿出来吧。给自己买些衣服，吃点儿食物，而不是别人扔的剩菜剩饭。把你的钱从藏钱的地方拿出来吧，海盗。”

皮隆说话时一直目不转睛地看着海盗的脸。他看到海盗的那双眼睛先是充满疑惑地垂了下来，后来又变得愠怒起来。皮隆立刻明白了两件事：第一，海盗真的藏了钱。第二，要得到这笔钱并不容易。他对后一个事实感到高兴。海盗已经成为了需要用点手段才能解决的问题，这正中了皮隆的下怀。

现在海盗又在看他了，他的眼神里有一些狡黠，更重要的是，还有一种故意装出来的天真掩盖在其上。“我根本就没有钱可以藏啊，”他说。

“可是啊，我的朋友，我每天都能看到你卖木柴赚到二十五美分，却从来没有看到你花钱呀。”

这一次，海盗的头脑聪明起来了。“我把钱给了一个可怜的穷老太婆了，”他说，“我根本哪儿都没有钱。”他用这种语气表明他把这个话题紧紧地关在了大门外。

“这一定是诡计。”皮隆心里想。所以，他身上的那些久经磨砺的才能，必须得发挥出来了。他站起来，举起蜡烛。“我只是想告诉你，你的朋友们为你多么担心，”他批评着说道。“要是你不想帮忙去改变的话，我也就帮不了你喽。”

海盗的眼神又变得柔和起来，“告诉他们我很健康，”他恳求道。“叫我的朋友们来看看我吧。我不会很傲慢的。我随时欢迎他们来，见到他们我会很高兴。皮隆，你替我告诉他们可以吗？”

“我去告诉他们。”皮隆冷漠地说。“但是，你的朋友们看到你根本没有做任何改善自己生活的事情，来宽慰他们的心，他们肯定会不高兴的。”皮隆说完吹灭了蜡烛，消失在黑暗中。他知道海盗永远不会说出他的钱财藏在哪儿。只能偷偷地找到它，然后强行把钱取出来，再买些好东西都送给海盗。这是唯一的办法。

于是皮隆决定开始监督海盗。当他去森林里砍柴火时，皮隆就跟着他走进去。晚上他在鸡舍外面偷偷躲着等。他和海盗认认真真地交谈了很久，可是却一无所获。那笔钱还是遥遥无期。藏钱的地方要么在鸡舍里，要么在森林的深处，只有晚上的时候海盗才会去。

长时间徒劳的监视使皮隆失去了耐心。他知道他一定得找人帮帮他不可了，一起出出主意。还有谁能比丹尼、巴勃罗和耶稣·玛利亚这些伙伴更合适做到这一点呢？还有谁能如此秘密地行动，还能诡计多端呢？还有谁能更容易地为善意所说服呢？

皮隆把他们带入了自己的秘密里，不过先给他们做好了思想准备，就像给自己准备的一样：海盗的贫穷，无助，最后——解决办法。当他提到解决办法时，朋友们随即陷入了想要做慈善的狂热之中。他们鼓掌称赞他，脸上闪烁着善良的光芒。巴勃罗认为那笔藏起来的钱可能得有一百多美元。

当他们的喜悦变成跃跃欲试的工作热情时，他们就开始制定计划。

“我们必须得监视他，”巴勃罗说。

“可是我监视过他了。”皮隆争辩道。“他一定是在夜里偷偷溜走的，而且我们还不能跟得太近了，因为他的狗就像魔鬼一样护着他，这不是件那么容易的事。”

“你把道理都和他讲了？”丹尼问。

“对啊。每一条都说了。”

最后还是耶稣·玛利亚，那个仁慈的好人找到了办法。“他住在那个鸡舍里的话，这件事就很难办，”他说。“但假如他住在这儿，和我们住在一起呢？我们的好意会打破他的沉默，让他开口的，至少他在晚上出门的时候我们也更容易发现呀。”

朋友们仔细考虑了一下他的这个建议。“有时候他从餐馆里得到的东西几乎都是新的，”巴勃罗若有所思地说。“我见过他拿到过一块只少了一点点的牛排。”

“很可能得有两美元钱呢。”皮隆说。

丹尼提出一个反对意见："但是那些狗——他会一直带着他的那些狗的。"

"那些狗都挺乖的，"皮隆说，"它们都很听他的话。你可以在角落处画一条线，然后说：'让你的狗待在这条线里啊。'他就会告诉它们，然后那些狗就会留在那儿不动。"

"有一天早晨我看见海盗，他吃了将近半块蛋糕，那块蛋糕只是沾了点咖啡弄湿了。"巴勃罗说。

问题就这么自然地解决了。住在这座房子里的人成立了一个委员会，委员会成员拜访了海盗。

当他们全都进去之后，那个鸡舍马上变得拥挤不堪。海盗试图用粗暴的语气掩饰自己的快乐。

"天气可真糟糕。"他寒暄着。然后是："也许你们不会相信，我在鲁道夫的脖子上发现了一只鸽子蛋那么大的扁虱。"他说起自己的住处来充满了贬低之意，就像一个主人那样。"这地方太小了，"他说，"我这儿不适合招待朋友们。但是它很暖和，也很舒适，尤其对狗来说很不错啊。"

然后皮隆开始说话，告诉海盗，他的朋友们对他担心地要死。不过，如果他愿意去和他们一起住的话，他们就可以安心地睡觉，心情也能放松。

这让海盗很震惊。他看着自己的双手。然后看向自己的狗，向他们寻求安慰，但是它们都没有看他。最后他用手背擦了擦眼睛，抹去眼中的幸福，又在自己那黑色的大胡子上抹了抹手。

“那这些狗怎么办？”他轻声问道，“你们也会想要它们吗？你们也把这些狗当朋友吗？”

皮隆点点头。“对呀，这些狗也去。有一整个角落是专门留给这些狗的”

海盗有很强的自尊心，他担心自己会做出不恰当的行为。“你们现在先走吧，”他恳求地说。“你们先回去吧。明天我就去。”

他的朋友们明白他的感受。他们爬出了鸡舍，留下了他一个人。

“那个家伙跟我们在一起会幸福的。”耶稣·玛利亚说道。

“那个可怜的小家伙可真是孤单啊，”丹尼接着补充道，“我如果早知道的话，早就叫他来了，就算他没有那笔钱也没事。”

快乐的火焰在他们的心中燃烧。

他们很快就适应了这种新的关系。丹尼用一支蓝色粉笔画了一个扇形区域，圈出客厅的一个角落，狗在房子里的时候必须待在那个角落里。海盗和狗一起都睡在那个角落里。

这所房子开始有点拥挤了，住着五个男人和五条狗。但是从一开始，丹尼和他的朋友们就意识到，他们邀请海盗来住的原因来源于那位天使，那位守护着他们的命运、保护他们不受邪恶侵害的天使，已然疲惫不堪而且焦虑万分。

每天清晨，朋友们醒来之前，海盗就从他的角落里爬起来，带着他的狗，在餐馆和码头上转上一圈。他是人人都想要对他好的那种人。他拿到的包裹越来越大。帕沙诺人接收并享用着他的馈赠：新鲜的鱼，半块的馅饼，还没有碰过的陈面包，只需要一点儿苏打水就能去掉绿色霉点的肉。他们开始了真正的生活。

人们接受了他的礼物，这比他们为他做的其他任何事情都更令他感动。看着人们吃着他带回来的食物时，他的眼睛里闪烁着崇拜的光芒。

晚上，他们围坐在火炉旁，就像吃饱后的神一样，用懒洋洋的声音讨论着薄饼坪上的各种事情，这时，海盗的眼睛就急匆匆地从这个人的嘴扫到另一个人的嘴，他自己的嘴唇也轻轻地动了起来，低声重复着朋友们说的话。狗嫉妒地挤在他身边。

深夜里，房子里一片漆黑，狗紧紧地依偎在他身边，让一切都暖和起来。他对自己说，这些都是他的朋友啊。这些人太爱他了，他们很担心他自己一个人住。海盗不得不经常对自己重复这些话，因为这是一件令人震惊、难以置信的事情。他的手推车现在就停在丹尼的院子里，他每天砍了柴再去卖掉柴。但是海盗非常害怕自己可能会错过朋友们晚上说的话，怕自己不在就不能在享受同伴们温暖的陪伴，所以他已经好几天没有去他藏钱的地方把刚挣的钱放进去了。

他的朋友们对他很好。他们对他彬彬有礼，很是友善。但是好像总有一只眼睛睁着，盯着他。当他推着手推车进入树林时，总会有一个朋友陪着他，他砍柴的时候，那个朋友就坐在圆木上。他在晚上做得最后一件事就是进入峡谷，而在这个时候，要么是丹尼，要么是巴勃罗，要么皮隆，要么耶稣·玛利亚，总有一个人会陪伴着他。在深夜里，他不得不非常小心翼翼地爬出来，不敢弄出一点声音，才能做到身后没有一个影子跟着他出门。

整整一个星期，朋友们只是监视着海盗。但是到了最后，这种一直看不到成果的状态让他们都疲惫不堪。直接行动是不可能的，这点他们都明白。于是有一天晚上，他们开始讨论起把钱藏起来到底好不好。

皮隆开了个头。“我有个叔叔，是个实打实的小气鬼，他把金子都藏在树林子里。有一次他去看他的那些金子，却发现不见了。是有人知道了那些金子然后偷走了。他那时候已经是个老人了，结果所有的钱都没了，他就上吊自杀了。”皮隆有些许得意地注意到，海盗的脸上流露出了担忧的神色。

丹尼也注意到了。他继续说道：“老爷子，就是我的祖父，也是这栋房子原来的主人，也是把钱埋了起来。我不知道有多少钱，但大家都说他是个有钱人，所以肯定得有三四百美元吧。老爷子挖了一个深坑，把钱都放进去，盖了起来，然后把松针撒在了上面，直到他认为没有人能看出那里有过什么痕迹。但是当他后来再回去看的时候，那个坑被挖开了，钱都不见了。”

海盗重复着这些话，脸上露出了恐惧的神情。他的手指在亚历克·汤普逊先生的颈毛间拨弄着。朋友们交换了一下眼色，暂时放下了这个话题。他们转向去聊科妮莉亚·鲁伊斯的那些八卦故事。

夜里，海盗蹑手蹑脚地溜出了屋子，狗也悄悄地在后面跟着。皮隆不声不响地跟在后面。海盗迅速地走进森林，稳健的双脚跳过了圆木和灌木丛。皮隆在他身后踉踉跄跄地跟着。但他们至少走了两英里时，皮隆就已气喘吁吁了，衣服也被藤蔓扯破了。他停下来歇了一会儿，然后意识到前面的声音都消失了。他等着，听着，蹑手蹑脚地四处找找看看，但是海盗已经完全消失不见了。

两小时后，皮隆又慢腾腾地、疲倦地回去了。这会儿，海盗已经在屋里了，和他的狗一起舒舒服服地睡着。皮隆进来时，那些狗抬起头来，看了他一眼，皮隆一度觉得它们是在嘲笑他。

第二天早上，他们在峡谷里举行了一次会议。

“根本不可能跟踪他。”皮隆汇报说。“他很快就消失了。他在黑暗中也能看清东西。这森林里的每一棵树他都摸透了。我们必须另想其他办法。”

“可能一个人不够的，”巴勃罗说道，“如果我们都在后面跟着他，那至少会有一个人不会把他跟丢吧。”

“我们今晚再聊聊吧，”耶稣·玛利亚说，“就怕会更糟。我认识的一位女士准备给我点酒，”他小心翼翼地补充道。“或许海盗喝点儿酒，就不会那么容易跑掉了。”

耶稣·玛利亚说的那位女士给了他整整一加仑红酒。当天晚上，一扎红酒递到了海盗手里，他和朋友们坐在一起，嘴里抿着酒，听着他们聊着天，别说有多高兴。他的生活中很少有这样的快乐。他希望能把这些可爱的人紧紧地搂在怀里，告诉他们自己有多么得爱他们。但是这不是一件他会做的事情，因为他们可能会认为他喝醉了。他希望自己能做一些非常了不起的事情来向他们展示自己的爱。

“我们昨天晚上说过把钱埋起来那种事。”皮隆说。“今天我想起了我的一个表哥，一个聪明人。如果说这个世界上有人能把钱藏在永远不会有人发现的地方，那就是在说他了。所以他就把他的钱藏起来了。说不定你们还见过他，那个可怜的小家伙，在码头上爬来爬去，讨点儿鱼头做汤。那就是我的表哥。结果还是有人偷走了他埋起来的钱。”

海盗的脸上又露出了忧虑的神色。

一个故事接着一个故事，每一个故事里都有各种各样的厄运尾随着那些藏钱人。

“最好把钱放在身边，偶尔花掉一些，再给朋友们分一点儿，”丹尼最后总结道。

他们一直在仔细地观察着海盗，在最恐怖的那个故事讲到一半的时候，他们看到海盗脸上的忧虑已经消失了，取而代之的是轻松的微笑。现在他抿了一口酒，眼里闪烁着喜悦的光芒。

朋友们都绝望了。他们所有的计划都失败了。他们心里难过极了。他们做了那么多好事，表达了那么多善心，最后竟然是了这样的局面。海盗居然想方设法地逃脱了他们费尽心机想要赐予他的好意。他们喝完了酒，闷闷不乐地上床睡觉了。

夜里发生的事就没有皮隆不知道的。他身体的其他部分在睡觉时，耳朵却一直张着。他听见海盗和他的狗偷偷地从房子里溜了出去。他跳起来叫醒了朋友们，不一会儿，四个人就跟着海盗朝森林的方向奔去。松林里面黑黝黝的一片。四个朋友不是撞到树上，就是让浆果的藤蔓绊倒。但是很长一段时间里，他们都能听到海盗在他们前面轻车熟路地走着。他们一直跟在后面，跟到前一天晚上皮隆跟到的那个地方，然后，突然之间，森林里一片寂静，就只有松树林的低语和似有似无的晚风。他们分开了，四下仔仔细细地搜索了树林和灌木丛，但是海盗真的再次不见了。

最后，他们重新聚到一起，又冷又沮丧，疲惫地朝着蒙特雷的方向走去。他们回到家之前，天就已经亮了。太阳早已经照在海湾上。清晨的炊烟在蒙特雷城里升起，慢腾腾地朝着他们飘了过来。

海盗走到门廊上和他们打招呼，来迎接他们，脸上露出快乐的神情。而他们闷闷不乐地从他身边走过，鱼贯走进客厅。室内桌子上放着一个大帆布包。

海盗跟着他们也进去了。“我骗了你，皮隆。”他说。“我告诉过你我没有钱，因为当时我害怕。当时我还不了解你们这些朋友。你们说过藏起来的钱经常会让人偷走，我就又害怕了。直到昨晚我才想到一个主意。钱放在朋友们这里就安全了。要是朋友们替我保管着，就没有人能偷走。你们可能不会相信，刚刚过去的两个晚上就有人为了偷我的钱跟着我进了林子。”

“在你把这笔钱交到我们手里之前，或许你需要要拿出一些来吧。”皮隆不慌不忙地提议道。

海盗摇了摇头。“不行啊，我不能那样做。这是我许下的承诺。我有将近一千个二十五美分的硬币了。等我攒够一千个，我会去买一个金烛台，把它献给阿西西的圣方济各。

“我曾经养过一只特别好的狗，那只狗病了。我就许下承诺说，要是那只狗能好起来，我就用我一千天赚来的钱买一支金烛台。之后吧，”他伸出他的大手摊开，“那只狗的病就好了。”

“是这些狗中的一只吗？”皮隆问道。

“不是的，”海盗说。“没过了多久，一辆卡车就把它压死了。”

所以一切都结束了，拿着这些钱做点什么的希望都破灭了。丹尼和巴勃罗满脸愁闷地提起这个装满了硬币的袋子，沉甸甸的，他们把它搬到另一个房间里，放在丹尼床上的枕头下面。一段时间后，当他们想起这笔钱安安静静地躺在枕头下时，他们的内心就会有确切的安宁，但是现在失败的滋味是痛苦的。他们对此无能为力。他们的机会曾经来过，但现在又溜走了。

海盗站在他们面前，眼睛里满含着幸福的泪水，因为他已经证明了对朋友们的爱。

“想想看吧，”他说，“这么多年来，我就住在那个鸡舍里，没有体会过一点儿快乐。但是现在，”他补充说，“哦，现在我太幸福了。”

第八章

皮隆顺利找到宝藏，哔叽裤两易其主

如果这个葡萄牙后裔是英雄的话，那他就会在部队里度过一段悲惨的时光。但是他是大乔·波特吉，在蒙特雷监狱里受过正规的训练，这不仅减轻了他爱国热情受挫后的痛苦，还坚定了他的信念：作为一个人，他的日子自然而然地分成了两半，也就是一半的时间睡觉，另一半的时间醒着，所以一个人的时间也理所应当地可以一半在监狱中度过，另一半在监狱外度过。在整个战争期间，乔·波特吉在监狱里待的时间比在外面待的时间更多。

在老百姓的生活中，一个人会因为他所做的事情而受到惩罚。但是军规在这个基础上又增加了一条新的原则——他们会因为一个人没有做事而惩罚他。乔·波特吉从不明白这一点。他擦不干净步枪，他不刮胡子，有一两次他休假后没有及时归队。除了这些缺点之外，别人指责他时，他还经常心平气和地为自己辩解。

通常情况下，他一半的时间是在监狱里度过的。他在军队里服兵役两年，却在监狱里待了十八个月。他对军队的监狱生活很不满意。在蒙特雷监狱里，他习惯了不受拘束，也习惯了有人陪伴。但是在军队，他只能干活。在蒙特雷，对他的指控往往都只有一项：酗酒并扰乱治安。在军队里，他受到的指控让他不知所措，这些事对他思想的影响可能是永久性的。

战争结束后，所有的军队都解散了，但是大乔还要服刑六个月。指控他的罪名是："值班时喝醉酒。用煤油罐袭击一名军士。并否认自己的身份(他不记得了，所以他就否认一切)。偷了两加仑的熟豆子。还有骑着少校的马离开了岗位。"

如果停战协定没有早点签署，大乔可能已经被枪毙了。其他退伍的军人回来把胜利的甜头全部都吃光了之后，又过了很长一段时间，大乔才回到蒙特雷。

大乔从火车上跳下来的时候，他穿着一件军队的大衣、一件紧身的上衣和一条蓝色的哔叽裤。

除了实施禁酒令，小镇没有发生太大变化，但是禁酒令并没有改变托雷利酒馆。大乔用大衣换了一加仑的红酒，然后就出去找朋友们了。

那天晚上他没有找到朋友，但是在蒙特雷城，他发现那些邪恶虚伪的妖女和皮条客倒是比比皆是，他们随时准备把男人们引入陷阱。大乔本身就不是一个很有道德感的人，所以对那个陷阱并不反感，反而很喜欢。

没几个小时，酒就喝光了，钱也全都花光了。然后那些妖女就想用尽各种办法把大乔从陷阱里送出来，但他不肯走。他在陷阱里待得很舒服。

当他们试图用武力驱逐大乔时，他心中充满了正义感和强烈的愤怒，砸碎了所有的家具和窗户，把衣衫不整的姑娘们吓得尖叫着冲进外面的黑夜里。接着他又想了想，直接点火烧了房子。把大乔引进诱惑里是不安全的，他在诱惑面前一点儿抵抗力都没有。

警察终于出面干预了，逮捕了他。这个葡萄牙后裔高兴地长舒了口气，他又回家了。

经过一场短暂没有陪审团的审判，乔被判了三十天的监禁。他舒舒服服地躺在皮制的小床上，在酣睡中度过了十分之一的刑期。

大乔喜欢蒙特雷监狱。那是一个能见到人的地方。如果他在那里待得时间够久，所有的朋友们进进出出的，他都能见到。时间过得很快。当不得不离开的时候，他有点儿伤心，但他知道很容易就能回来，所以悲伤的情绪也就缓和了一些。

他很想再到陷阱里去，但是他没有钱，也没有酒。他走遍了所有的街道去寻找他的老朋友们，皮隆、丹尼和巴勃罗，可怎么都找不到。警官说他已经很久没有看见他们违法记录了。

“他们一定是死了。”葡萄牙后裔说。

他愁眉苦脸地走到托雷利酒馆，但托雷利对那些既没有钱又没有什么东西可以交换的人并不友好，他也没给大乔安慰，不过托雷利告诉他丹尼在薄饼坪继承了一座房子，他的朋友们都和他一起住在那儿。

喜悦和见朋友们的渴望涌上了大乔的心头。晚上，他漫步上山到薄饼坪去找丹尼和皮隆。他走在路上，天就已经暗了下来，在半路上他碰见了皮隆，皮隆好像有很忙的事情要去做。

“嗨，皮隆。我正要去看你呢。”

“你好啊，乔·波特吉。”皮隆十分唐突直率地问道：“你去哪儿了？”

“我在部队里呀，”大乔回答说道。

皮隆的心思完全不在会面上。“我必须得走了。”

“我跟你一起去吧，”大乔说。

皮隆停下来打量着他。“你不记得今天晚上是什么日子了吗？”他问道。

“不记得了。是什么日子啊？”

“今晚是圣安德鲁之夜啊。”

这时葡萄牙后裔才记起来。因为今晚，每一个没有被关进监狱的帕沙诺人，都会焦躁不安地在森林里穿梭。今晚，所有埋起来的宝藏都会在地面上发出微弱的磷光。树林里确实也埋藏着很多宝藏。在过去的两百年里，蒙特雷曾多次遭到入侵，每次都会有贵重物品藏在地下。

夜晚天空无云。皮隆也从他那平日刻板的硬壳里钻了出来。今晚他是一个理想主义者，是礼物的馈赠者。今晚他担负着仁慈的使命。

“你可以跟我走，大乔·波特吉，但是如果我们发现了宝藏，那必须我决定怎么处置。要是你不同意的话，你可以自己去找宝藏。”

大乔并不擅长管理自己。“我跟你一起去吧，皮隆。”他说。“我不在乎什么宝藏不宝藏的。”

他们走进树林时，夜幕已经降临。脚落在厚厚的松针床上。此刻，皮隆知道今晚是一个完美的夜晚。浓雾笼罩着天空，月亮透过浓雾发出光芒，森林里弥漫着薄纱般的月光。现实中看见的清晰轮廓都不复存在。树干不是黑色的木柱，而是柔和而虚无的影子。一片片的灌木丛在奇怪的光线下没有了棱角，摇曳不定。今晚鬼魂可以自由出没，不用担心人们不信以为真，除非是感觉迟钝的人，否则不会察觉不到鬼魂的出没。

皮隆和大乔不时从其他寻宝人员的身边经过，这些人在松树间来来回回，转来转去。他们低着头，默默地走着，不和任何人打招呼。谁能说他们到底是不是真正的活人呢？大乔和皮隆知道有一些人就是埋葬宝藏的老一辈人的影子。在圣安德鲁日前夜，他们游荡回到世上，以确保没有人动他们埋的金子。皮隆戴着圣安德鲁的纹章，挂在脖子上，放在衣服外面，所以他不害怕幽灵。大乔走路时把手指交叉起来，摆成圣符的标志。虽然他们可能会害怕，但是知道这些保护措施足够应付这个诡异的夜晚。

他们走着走着，起风了，风驱赶着雾拂过暗淡的月亮，就像一层薄薄的灰色水彩。飘忽不定的雾气改变了森林里原有的形状，仿佛每棵树都在悄悄地爬行，每片灌木丛也在无声地移动，就像一只黑色的大猫。树梢在风中嘶哑地说着话，像是在估算命运，预判死亡。皮隆知道去偷听树的谈话并不明智。预知未来也没有好处，再说，这种窃窃私语本身就是不神圣的。他的注意力也就从树木的谈话上转移开了。

他开始在森林里转来转去，大乔跟在他身后，就像一条警觉的大狗。一些独自来的人默默地走过他们身边，没有打招呼继续往前走。鬼魂也从他们身边悄无声息地走过，不打招呼径直走开了。

在山下很远的地方，海岬上，雾笛开始鸣叫起来。它为所有撞到铁暗礁上沉没的船只哀号，也为所有将来会死在那里的船只和生灵哀号。

尽管那天夜里暖暖的，皮隆还是打了个寒颤，觉得很冷，他沉下声音念了一句“万福玛利亚”。

他们碰到了一个头发花白、低头走路的人，那人没有和他们打招呼。

一个小时过去了，皮隆和大乔仍然在林子里转来转去，就和那天晚上到处都是的鬼魂一样。

皮隆突然停了下来。他的手紧紧抓住大乔的胳膊。

“你看见了吗？”他低声说道。

“在哪儿呢？”

“往前就看见了。”

“是的——我好像看见了。”

皮隆觉得，他似乎能看见前方十码外的地面上，有一道柔和的蓝光从地面射出来。

“大乔，”他低声说道，“去找两根棍子来，大约三四英尺长的那种。我不能去看别的地方。不然就找不到它了。”

大乔跑去找棍子的时候，他就站在那里像是一条盯着食物的狗。皮隆听见他从一棵松树上折断了两根枯树枝。他听到了大乔折断树枝时发出的噼啪声。皮隆仍然死死地盯着那束朦胧的微弱光线。它是那么的模糊，有时候似乎已经完全消失了。有的时候他根本不确定自己是不是真的看到了。大乔把棍子放到他手里时，他的眼睛也没有移开，一动不动。皮隆把木棍交叉成十字架的模样，慢慢地向前走。当他走近时，那束光线似乎消失了，不过他已经看清了光线是从哪里来的了，那是地面松针上的一个完美凹陷。

皮隆把他的十字架放在那个凹陷的地方，他说：“以圣父、圣子、圣灵的名义，所有埋在这里的一切都是我发现的，都属于我。走开吧，恶灵们。走开吧，埋宝藏人的灵魂，”然后他长叹一声，一下子坐到了地上。

“我们找到了，哦，我的朋友，大乔，”他喊道，“我找了好多年，现在终于找到了。”

“我们挖吧。”大乔说。

可是皮隆不耐烦地摇了摇头。“在所有的鬼魂都出入自由的时候挖吗？在就算只是待在这里都很危险的时候挖吗？你这个傻瓜，大乔。我们要在这里坐到天亮，然后在这个地方做个标记，明天晚上我们再挖。既然我们现在用十字架遮盖住了那束光，那就没有人能看见了。明天晚上就不会有危险了。”

现在他们坐在松针上，夜晚似乎变得更可怕了，但那个十字架散发出神圣并安全的温暖，就像地面上的一团小篝火。然而，它也就像小篝火一样，只温暖了他们身体的前面。而他们的后背仍面对着在森林里游荡的冰冷邪恶的鬼魂。

皮隆站起来，在整个地方画了一个大大的圆圈，当他合上圆圈时，他已经在里面了。“以最神圣的耶稣之名，任何邪恶的东西都不能越过这条线。”他吟唱道。然后他又重新坐了下来，和大乔都感觉好多了。他们能听到那些疲惫的、游荡的幽灵们低沉的脚步声，从他们身旁走过时，可以看到那些幽灵透明的身体发出的微光，但是他俩的防线坚不可摧。这个世界或其他世界的任何脏东西都不能进入这个圈子。

“你打算用这些钱做什么呢？”大乔问。

皮隆轻蔑地看了他一眼。“你从来没有找过宝藏吧，大乔·波特吉，因为你不知道怎么去处理这件事。我不可能把宝藏留给自己。要是我找宝藏是想要自己留着它，那么这宝藏就会像沙子里的蛤蜊一样不断地一点点地向下钻，我永远也找不到它了。不，不是这样的。我是为了丹尼才来挖宝藏。”

皮隆的理想主义这时都表现出来了。他告诉大乔，丹尼对朋友们有多么得好。

“我们什么也没有为他做，”他说，“我们不用付房租。有时候我们喝醉了，把家具都给弄坏了。我们生丹尼的气的时候，也会和他打架，我们还会骂他。我们可太坏了，大乔。所以我们所有人商量了个计划，也就是巴勃罗、耶稣·玛利亚、海盗，还有我。我们今晚都在树林里寻找宝藏。这个宝藏是给丹尼的。他特别好，大乔。他是那么的善良，而我们却是那么的坏。但要是我们带一大袋子的财宝给他，他就会高兴。因为我没有自私的心，所以我才能找到这处宝藏。”

“你不留下一点儿吗？”大乔满肚子的疑惑问道，“换一瓶酒的钱也不留吗？”

今天晚上，皮隆身上一点儿那个坏皮隆的影子也没有。“不留，一颗金子也不留！一个小硬币也不留！这一切都是给丹尼的，一点儿都不留。”

大乔失望极了。“我走了这么远的路，却连一杯酒也喝不上啊，”他悲哀地说。

“等丹尼有钱了，”皮隆温和地安慰说，“他可能会愿意买点儿酒。我当然不会去提这个建议，因为这些宝物是丹尼的嘛。但我想他可能会买点儿酒。要是你对他好，大概能得到一杯。”

大乔感到了些安慰，因为他和丹尼相识很久了。他认为丹尼可能会买很多的酒。

夜就从他们身上流淌过去了。月亮落了，森林里一片漆黑。雾笛一直尖叫着。这一夜皮隆始终内心纯洁。他向大乔传教，就像新近的皈依者可能会做的那样。

“善良和慷慨的事都是值得做的，”他说。“这样的行为不仅让我们在天堂修建了喜乐的殿堂。而且在这里，在这世间也能得到一个快速的回报。你会感到有一股金色的温暖涌上心头，就像你的胃里有一个热乎乎的玉米卷饼一样舒服。上帝的精神包裹着你，就像人穿上了一件像骆驼毛一样柔软的外衣似的。我并不是一直都是个好人，大乔·波特吉。我坦白地承认这一点。”

大乔非常清楚这些。

“我一直都很坏。”皮隆心醉神迷地继续说道。他彻底放松了自己。“我撒谎，偷东西。我还一直好色。我犯了通奸罪，还亵渎了上帝的名字。”

“我也是啊。”大乔高兴地说。

“结果怎么样呢，大乔·波特吉？我有一种很不好的感觉。我知道我会下地狱。但现在我明白了，罪人再坏，也并没有坏到不能被原谅的地步。虽然我还没有去忏悔过，但我能感觉到上帝对我的改变很是欣喜，因为他把恩典降临到我身上了。如果你也能改变自己，大乔，要是你能戒掉酗酒、不再打架，也不再去找那些多拉·威廉斯妓院的姑娘们，你也会和我有同样的感觉的。”

但是大乔已经睡着了。他不走动的时候，很快就睡着了。

皮隆不能和大乔聊天的时候，他对恩典的感觉就没那么强烈了。当天空露出鱼肚白，晨曦躲在雾后缓缓出现的时候，他还坐在那里望着宝藏的地方。他看见松树的轮廓渐渐清晰，从朦胧的黑暗中显现出来。风停了，蓝色的兔子从灌木丛里蹦出来，在松针上跳来跳去。皮隆的眼睛很沉，但他很高兴。

天亮的时候，他用脚踢了踢大乔·波特吉。“该去丹尼家了。天已经亮了。”皮隆扔掉了十字架，因为已经不需要它了，他还擦掉了那个圆圈。“现在，”他说，“我们一定不能留下任何记号了，但我们必须通过附近的树木和石头来记住这个地方。”

“为什么我们现在不挖呢？”大乔问。

“然后等着薄饼坪的每个人都来帮我们一起挖吧。”皮隆讽刺地说道。

他们仔细看了看周围情况，说着：“右边有三棵树长在一起，左边有两棵。下面有片灌木丛，这儿还有块石头。”最后，他们终于离开了埋宝藏的地方，一边走一边记着路。

在丹尼家里，他们见到了那些疲惫不堪的朋友们。“你们找到了吗？”朋友们问道。

“没有，”皮隆赶忙说着，防止大乔把实话给说出来。

“巴勃罗以为他看到了那道光，但他还没走到那儿呢，那道光就消失了。海盗看到了一个老妇人的鬼魂，她还带着他的狗。”

海盗露出了笑容，“那个老妇人告诉我，说我的狗现在很快乐。”他说。

“这位是大乔·波特吉，从部队回来啦！”皮隆宣布。

“你好啊，乔。”

“你这个地方不错啊，”这个葡萄牙后裔一边说着，一边轻松自然地坐到了一把椅子上。

“离我的床远点，”丹尼说，因为他知道乔·波特吉来了就会住下。他坐在椅子上叉着腿的样子就给人一种要在这儿长住的感觉。

海盗走出门，推上手推车，开始到森林里去砍柴火。但是另外五个人躺在阳光里，阳光穿透了雾气照射下来，不一会儿他们就都睡着了。

直到下午三点左右，他们才慢慢醒了过来。最后，他们伸了伸胳膊，坐了起来，没精打采地望着山下面的海湾，那里有一艘棕色的油轮慢慢地驶向海面。海盗已经把几个袋子放在桌子上了，朋友们打开袋子，拿出海盗要来的食物。

大乔沿着小路朝着那个破旧的大门走去。“待会儿见。”他对皮隆喊道。

皮隆焦急地注视着他，直到看到大乔走下山去，向着蒙特雷城走去，而不是去松树林的方向，皮隆这才安下心来。四个朋友坐了下来，恍惚地看着夜幕降临。

黄昏时分，乔·波特吉回来了。他和皮隆在院子里商量着，免得屋子里的人听见。

“我们向莫拉莱斯太太借几件工具，”皮隆说。“她的鸡舍旁边立着一把铁锹和一把镐头。”

天完全黑下来的时候，他们出发了。“我们去看几个姑娘，她们是乔·波特吉的朋友，”皮隆解释说。他们溜进莫拉莱斯太太的院子里，借了那些工具。然后，大乔从路边的杂草中拿出了装着一加仑酒的酒壶。

“你把宝藏给卖了，”皮隆恶狠狠地喊道，“你这个叛徒，狗娘养的。”

大乔好不容易让他安静下来。“我没有说宝藏在哪里，”他一本正经地说，“我是这样说的，‘我们发现了宝藏，’我说，‘但那宝藏是给丹尼的。等丹尼拿到了它，我就跟他借一美元来付酒钱。’”

皮隆惊慌地不知所措。“然后他们就信了？就让你喝这酒了？”他问道。

“呃——”大乔犹豫了一下。“我留下了一点儿东西押在那儿，用来证明我会来还这一美元。”

皮隆闪电般地转过身来，掐住他的喉咙。“你留下了什么？”

“就一条小毯子呀，皮隆，”乔·波特吉哽咽着说，“只有一条啊”。

皮隆摇晃着大乔的身子，可是他太重了，所以皮隆就只是晃了晃自己。“什么毯子？”他哭喊道。“告诉我！你偷了什么毯子。”

大乔哭诉道：“就是丹尼的一条毯子。只有一条啊。他一共有两条的嘛。我只是拿了那个很小的。别伤害我，皮隆。他另外那条更大。等我们找到了宝藏以后，丹尼就可以把它拿回来的。”

皮隆打得他转来转去，对准他狠狠地踢了一脚。“你这个蠢猪，”他骂道，“你这个肮脏的贼牛。你去把毯子还回去，要不然我就把你撕成碎片。”

大乔试图安抚他。“我想过了，我们为丹尼努力干活，”他低声说，“我是这么想的，‘丹尼会很高兴的，他可以买一百条新的毯子。’”

“闭嘴，”皮隆说，“你快去把那条毯子原封不动地还回去，否则我就用石头砸死你。他拿起酒壶，拔开木塞，喝了一点儿酒，来缓和他紧张的情绪。然后，他把软木塞又塞了回去，一滴也不给这个葡萄牙后裔喝。“因为你这回偷东西了，所以挖洞的所有的工作都得你来做。拿起来那些工具，跟我来。”

大乔像只小狗一样呜呜地叫着，服从了皮隆。他没有办法抵抗皮隆正义的愤怒。

他们花了很长时间去找到那个藏宝藏的地方。当皮隆找到那连排的三棵树时，天已经很晚了。“在那里！”他说。

他们四处查看，直到找到了地上的那处凹陷。这天晚上天空没有雾气遮挡，淡淡的月光给他们照明。

皮隆既然已经不打算挖了，就提出了一种发现宝藏的新理论。“有时候钱都装在袋子里，”他说，“但是袋子已经腐烂了。如果你直接往下挖，可能会损失掉一些钱。”他在那个凹陷的四周画了一个大大的圆圈。“可以了，先在周围挖一条深沟，然后再去挖宝藏就能挖到了。”

“你不去挖吗？”大乔问。

皮隆勃然大怒。“是我偷的毯子吗？”他喊道，“我的朋友给我遮风挡雨的地方住，是我到他的床上偷东西的吗？”

“好吧，但是这些要全都让我挖的话，我不干。”大乔说。

皮隆捡起一根松树枝，这根树枝前一天晚上还是十字架的一部分呢。他凶狠地朝着大乔·波特吉走去。“你这个小偷”，他咆哮道。“你这只肮脏的猪，没感情的东西。把铁锹拿起来。”

大乔的勇气立马消失了，他弯下腰拿起地上的铁锹。

如果乔·波特吉不是良心不安，他也许会抗议。但是他非常害怕皮隆，因为皮隆有正当的理由而且还有一根松树枝做武器。

大乔讨厌整个挖土说法。铁锹移动的线条一点也不吸引人。要达到的目的，也就是把泥土从一个地方搬到另一个地方，对于眼界更大的人来说，这种事情是愚蠢而徒劳的。挖土挖一辈子，实际上就是一事无成。大乔的反应比这要简单得多。他不喜欢挖土。他参军就是为了打仗，可最后除了挖土什么也没干。

不过皮隆站在他旁边看着他，这个地沟延伸到了宝藏的周围，围成了一个圈。声称自己生病了、饿了或没劲儿了都是没有用的。皮隆始终无动于衷，偷毯子的罪就压在乔的头上。尽管大乔呻吟着，抱怨着，举起双手让皮隆看看自己受伤了，但皮隆还是站在上面，强迫着他继续挖。

到了午夜时分，那条沟已经有三英尺深了。蒙特雷的公鸡开始打鸣了。月亮落在树后。皮隆终于下令在埋宝藏的地方开始挖。现在挖得越来越慢了，大乔已经累坏了。就在天亮之前，铁锹碰到了什么坚硬的东西。

“哇，”他大喊道，“我们挖到了，皮隆。”

那个发现的东西又大又方。他们疯狂地在黑暗中挖，但他们看不见那到底是什么东西。

“小心点儿，”皮隆警告说，“别把它弄坏了。”

他们还没把东西挖出来，天就快亮了。皮隆摸到了金属，在灰蒙蒙的光线下俯下身去看。那是一块很大的方形水泥块。它的顶部是一个圆形的棕色牌子。皮隆把上面的字拼了出来：

“美利坚合众国大地测绘+1915年+海拔600英尺。”

皮隆瘫坐在泥坑里，垂头丧气，耷拉着肩膀，倍感失落。

“没有宝藏吗？”大乔悲伤地问道。

皮隆没有回答。这个葡萄牙后裔看了看这块水泥柱，一边思考着一边皱起了眉头。他转过头去看着悲痛欲绝的皮隆。“说不定我们可以把这块不错的金属牌子卖掉。”

皮隆垂头丧气地抬起头来。“约翰尼·篷篷找到过一个。”他带着极大的失望感平静地说着。约翰尼·篷篷拿走了金属，想把它卖掉。把这样的东西挖出来，就得坐一年的牢。”皮隆悲哀地说。“坐一年的牢，还得罚两千美元。”皮隆心里难过得只想快点离开这个悲惨的地方。他站起来，找了野草把酒瓶包了起来，然后下山。

大乔关心地跟在他后面一路小跑。“我们要去哪儿？”他问道。“我也不知道。”皮隆说。

他们到达海滩时，天已经亮了，但即使到了那里，皮隆也没有停下来的意思。他踩着水边坚硬的沙子艰难地走着，直到把蒙特雷甩到身后很远，只有海边的沙丘和海湾的涟漪能记录他的悲伤。最后，他终于坐在了干燥的沙滩上，阳光温暖得照着他。大乔坐在他的旁边，他觉得在某种程度上他要对皮隆默默的痛苦负责。

皮隆把包酒壶里的野草拿掉，打开瓶塞，大口喝了起来。由于悲伤能够诞生同情，他便把酒递给了做坏事的大乔。

“我们本来计划的多好啊。”皮隆哭道，“梦想领着我们走得多好啊。我想过我们怎样把一袋袋的金子送给丹尼。我都能看到他脸上的表情。他会大吃一惊的。他会有很长一段时间都不敢相信的。”他从乔·波特吉手里接过酒瓶，痛饮了一大口。“这一切全完了，在夜里被风吹走了。”

此刻，阳光把海滩照得暖暖的。尽管皮隆很失望，却感到一种与现实相反的安慰感包裹着他，一种危险的冲动，让他能够发现现状中积极的一面。

大乔不声不响地喝了不少酒，比他应得的那份还多。皮隆气愤地接过酒，一口接一口得喝起来。

“但是毕竟吧，”他好像想通了，说道，“如果我们找到了金子，可能对丹尼也不一定是件好事。他一直以来都是穷人啊。有钱可能会让他疯掉。”

大乔郑重其事地点点头。瓶子里的酒越喝越少。

“幸福胜过财富。”皮隆说，“要是我们试着让丹尼开心，这比给他钱更好。”

大乔又点了点头，脱下了鞋。“让他快乐。就是这个样子。”

皮隆转过头去悲伤地看着他。“你就是头猪，不配和人类一起住。”他温柔地说，“你偷了丹尼的毯子，就应该把你关在猪圈里给你喂土豆皮吃。”

他们晒着温暖的太阳，睡意十足。小浪花沿着海滩低声细语。皮隆脱下了鞋子。

“我们一人分一半。”大乔说。然后他们把一瓶子酒喝得干干净净。

海滩轻轻地摇荡着，起伏上下，就像海啸一样。

“你不是个坏人。”皮隆说。可是大乔·波特吉已经睡着了。皮隆脱下了外套盖在自己脸上。不一会儿，他也甜甜地睡着了。

太阳在天空之上缓慢地移动着。潮水涌上海滩，然后又退了下去。一群水鸟蹦蹦跳跳地看着这俩睡着的人。一只四处游荡的狗嗅了嗅他们。两位老妇人在捡拾贝壳，看到他们后匆匆地离开了，唯恐这两个男人醒过来之后会情绪失控，对她们穷追猛打。她们都认为，警察没有采取任何措施来制止此类事件，实在是丢人。“他们喝醉了，”其中一个老妇人说。

另一个老妇人则回过头去盯着沙滩上睡着的人。“醉酒的畜生，”她附和着。

当太阳终于落到蒙特雷后山上的松树林后面时，皮隆醒了。嘴干得就跟明矾似的；头很痛，睡在坚硬的沙子上让他全身都变得僵硬。大乔继续打着呼噜睡着。

“乔，”皮隆叫道，可这个葡萄牙后裔是叫不醒的。皮隆头枕在胳膊肘上，凝视着远方的大海。“喝点儿酒，我的嘴就不会这么干了，”他想。他把酒壶倒了起来，一滴酒都没有了，无法湿润他干涩的舌头。然后他把自己的口袋翻了翻，希望在他睡着的时候，口袋里有奇迹发生；但是并没有奇迹。口袋里有一把破小刀，他至少有二十次想用这把破刀换酒喝，都失败了。口袋里还有插在软木塞上的鱼钩，一截脏兮兮的绳子，一颗狗牙，以及几把钥匙，皮隆根本不知道这钥匙能用在哪里。总之这一堆东西里没有任何一件是托雷利觉得有价值的，即使是在他不清醒的时候。

皮隆望着大乔，沉思着。“可怜的家伙，”他心想，“等乔·波特吉醒来时，他会和我一样觉得口渴干燥。要是我能给他来点儿酒，他会喜欢的。”他使劲地推了大乔好几次，但他只是咕哝了几声，然后又鼾声大作，于是皮隆翻了翻葡萄牙后裔的口袋。他找到了一颗裤子上的黄铜纽扣，一个写着“荷兰美食”的小金属圆盘，四五根掉了头的火柴，还有一小片嚼烟。

皮隆直起身坐在脚跟上。所以这样做是没用的。他一定会在沙滩上干死的，他的喉咙在拼尽全力地呼唤酒。

皮隆注意到这个葡萄牙后裔穿的哔叽裤子，便用手指抚摸着裤子的面料。“不错的面料，”他心想，“为什么这个脏兮兮的葡萄牙后裔要穿这么好的料子，而他的朋友们却都还穿着牛仔裤？”然后他想起这条裤子对于大乔来说多么不合身，即使前面两颗钮扣都开了，腰还是那么紧，裤脚也差了那么几英寸。“身材合适的人穿上这条裤子会很高兴的。”

皮隆想起了大乔对丹尼犯下的罪行，于是他成了复仇天使。这个黑大个葡萄牙后裔怎么敢这样冒犯丹尼！“等他醒了，我就要揍他！但是，”那个心思更狡猾一些的皮隆争辩道，“他的罪行是偷窃。难道不应该给他一个教训，让他尝一尝东西被偷的感觉吗？要是他不能吸取教训，那惩罚又有什么用呢？”对皮隆来说这个主意太好了。如果，只需要办一件事，他就既可以为丹尼报仇，又惩罚了大乔，还给他上一堂道德课，另外还能再搞点儿酒喝喝，这个世界上还有谁能去批评他呢？

皮隆用力地推了推葡萄牙后裔，大乔对着他挥了挥手，俨然自己是一只苍蝇。皮隆灵巧地脱下了大乔的裤子，卷了起来，漫步朝沙丘走去。

托雷利出门去了，但托雷利太太给皮隆开了门。皮隆一副神神秘秘的样子，最后把裤子拿出来让她看看。

她果断地摇了摇头。

“哎别急啊，你看看，”皮隆说，“你看到的只是那些脏的东西。好好看看下面的这块好料子。你想想看，太太！你把污渍都洗干净了之后，再把裤子熨平，那得多好看啊！要是托雷利进门，不说话，闷闷不乐。然后你把这条漂亮的裤子给他！他的眼睛会为之一亮的！他得有多高兴啊！他把你抱到腿上！他对你笑得多开心啊，太太！一加仑红酒能换来这么多幸福，不是很值吗？”

“裤子的屁股这里已经很薄了，”她说。

他把裤子举到灯光下，对着光。“你能看到它透光吗？没有啊！那种僵硬啊，不舒服的感觉都已经没有了。这裤子现在是最好的。”

“不要，”她语气坚定地说。

“你对你丈夫太残忍了，太太。你拒绝了让他享受幸福的机会。要是看到他去找别的女人，我不会感到奇怪的，她们并不会像你那么无情。就一夸脱吧，好吧？”

最后她妥协了，给了他一夸脱的酒。皮隆马上一饮而尽。“你在试图毁掉快乐的代价，”他警告她，“我本来应该得到半加仑酒的。”

托雷利太太简直是铁石心肠。皮隆再多一滴酒也弄不到了。他坐在厨房里沉思着。“好一个犹太女人，说的就是她。她从我这里骗走了大乔的裤子。”

皮隆悲伤地想起了还躺在海滩上的朋友。他能做些什么呢？他一进城就会让人抓起来。这个妖女人什么也没做，她配得上这条裤子吗？她想用一夸脱这点儿可怜的酒买走皮隆朋友的裤子。皮隆觉得自己心中涌起一团怒火要朝她发泄。

“我一会儿就走，”他告诉托雷利太太。那条裤子就挂在厨房外的一个小壁龛里。

“再见，”托雷利太太回头对他说。她走进小食品储藏室去准备晚餐了。

皮隆出去时经过凉亭，不仅把裤子拿了下来，还把丹尼的毯子也拿下来带走了。

皮隆沿着海滩往回走，朝他离开大乔的地方走去。他看到沙滩上有一堆篝火在熊熊燃烧，走近时，看到几个黑色的小身影在火焰前晃动。现在天已经很黑了，他就循着篝火方向走了过来。走到跟前时，他看到是女童子军在烤肉。他谨慎地走着。

有一会儿的工夫，他没看见大乔，但是最后还是发现了，大乔正躺在地上，半截身子用沙子盖着，因寒冷和难受而说不出话来。皮隆径直走到他面前，举起裤子。

“拿去吧，大乔，开心点吧，你的裤子又回来了。”

大乔的牙齿冻得在打架。“谁偷了我的裤子，皮隆？我已经躺在这里好几个小时了，我没法走啊，因为那些小姑娘在那儿呢。”

皮隆殷勤地站在大乔和围着篝火跑来跑去的小姑娘们中间。葡萄牙后裔把腿上又湿又冷的沙子擦掉，穿上了裤子。他们肩并肩沿着漆黑的海滩朝着蒙特雷走去，那里灯火通明，一排排的灯光就像一串串的项链垂挂在山上。沙滩上隆起的沙丘就像疲倦的猎犬一样蜷缩在海滩的后面，正在休息。海浪轻轻地拍打着，发出嘶嘶的声音。夜晚寒冷又无情，温暖褪去，满是让人痛苦的警告：人在这个世界上是孤独没有依靠的，即使在朋友中间也仍然是孤独的，从任何地方都得不到安慰。

皮隆还在沉思，乔·波特吉感觉到他心情很沉重。皮隆终于把头转向朋友。“我们从这件事中学到，相信一个女人是非常愚蠢的，”他说。

“是哪个女人拿走了我的裤子？”大乔激动地问道，“是谁？我要狠狠揍她一顿！”

但是皮隆摇了摇头，非常悲伤，就像老去的耶和华在第七天休息时那样，他发现自己创造的世界是令人厌烦的。“她受到惩罚了。”皮隆说，“你可以说她是自己惩罚了自己，这是最好的方式。她拥有过你的裤子，用贪婪买了下来，现在她又失去了。”

大乔听不懂这些。这些话对他来说就像谜一样，最好还是就这么算了。这正是皮隆所希望的。大乔谦恭地说：“谢谢你把我的裤子拿回来，皮隆。”但是皮隆还沉湎于哲学之中，没有在意他的‘感谢’。

“没什么，”他说，“在整个事件中，只有我们学到的教训还算有点儿价值。”

他们离开海滩爬上山，经过煤气厂那个巨大的银色塔。

大乔·波特吉很高兴和皮隆在一起。“这是个关心朋友的人，”他心想，“甚至就是在他们睡觉的时候，他都很警惕，免得他们受伤害。”他决定找个时间为皮隆做点儿好事。

第九章

丹尼深陷吸尘器风波，朋友们前来解围

多洛雷丝·恩格拉西亚·拉米雷兹住在薄饼坪高坡上的小房子里。她曾为蒙特雷的一些太太们料理家务，她是“黄金西部土生女协会”中的一员。这个姑娘并不漂亮，是面颊瘦削的帕沙诺人，但体态动作中有一种明确的性感。她嗓音沙哑，有些男人觉得这是一种暗示。她的眼睛似乎隐隐地藏在迷雾的后面，眼中燃烧着一种昏昏欲睡的热情，对于那些以肉欲为重的男人来说，这种热情是极其迷人的，让人欲罢不能。

她粗鲁无礼时，人们并不喜欢她，但她经常能够集万种风情于一身。因此人们称她为薄饼坪上的甜心拉米雷兹。

看着她体内的野兽四处觅食是一件令人愉悦的事情。她倚靠在自家前门的样子多么迷人啊！她那懒洋洋的轻声细语多么动听啊！她的腰身温柔地扭动着，一会儿靠在篱笆上，一会儿像夏天的海滩波浪一样收起，然后又靠在篱笆上，多么风姿绰约啊！世界上还有谁能把这么多的柔情深意统统放进一句沙哑的“哦，朋友，你要去哪儿呢”？

的确，平时她的声音尖锐刺耳，脸像斧头一样硬朗、棱角分明，身材粗壮，为人处世也很自私。一星期里仅仅只有一两次，那个温柔的自我控制着她，而且通常是在夜晚时分。

小甜心听说丹尼继承了财产，她为他感到高兴。就像薄饼坪上的其他女人一样，她梦想着成为他的女人。晚上，她倚在自家院子的前门上，等着他经过，然后落入她的圈套。但很长一段时间，她投下诱饵的陷阱只能捕捉到穷印第安人和帕沙诺人，他们都没有房子，而且他们的衣服有时是从别人的衣橱里偷来的。

小甜心并不想止步于此。她的房子在比丹尼家位置更高的山坡上，丹尼不常去这个方向。小甜心不能去找他。她是女士，她的行为受到非常严格的礼仪规范的约束。现在，要是丹尼恰巧路过，他们像早就认识的老朋友一样交谈几句，处于社交礼仪他进屋里喝了杯酒。然后，要是天性作用太强，而她作为女性的抵抗力又太弱，那也没什么严重的失礼。而要是在自家院子门前布置个陷阱的话，那就太不可思议了。

好几个月，她每天晚上都倚在前门等着，但都是徒劳，只是收到了那些穿牛仔裤男人路过时送的礼物。不过薄饼坪上只有有限的几条小路。丹尼迟早会经过多洛雷丝·恩格拉西亚·拉米雷兹家的门口，这是不可避免的，而这一天他果真来了。

他们彼此早就知道，只是丹尼碰巧路过而让小甜心高兴的机会，一直没有到来而已。而就在那天早上，丹尼发现了中央供应公司丢失的一小桶铜钉子。他认为这桶钉子是被扔掉的，因为附近并没有这家公司的人。丹尼把铜钉子从桶里拿出来，放进袋子里。然后，他借了海盗的手推车，并让海盗推着，来到了西部供应公司，以三美元价格把铜钉子卖给了他们。之后他把那个小桶交给了海盗。

“你可以把东西放在里面，”他说。这让海盗很开心。

此刻丹尼往山下走去，目的地是托雷利酒馆，那三美元就在他的口袋里。

多洛雷丝的嗓音沙哑而甜美，就像大黄蜂的嗡嗡声一样。“哦，朋友，你要去哪儿？”

丹尼停了下来。他的计划改变了。“你好吗，小甜心？”

“我好不好重要吗？我的朋友们都不关心我，”她淘气地说。她优雅地扭动腰肢，来回摇摆着。

“什么意思？”他问道。

“那，我的朋友丹尼来看过我吗？”

“我现在就来看你了呀。”他殷勤地说着。

她把门开了一点儿。“你愿意以友谊之名进来喝上一小杯吗？”丹尼进了她的房子。“你在林子那边都忙些什么？”她轻声细语地问道。

他犯了一个错误。他得意洋洋地讲着那宗交易，炫耀着口袋里的三美元。

“当然我的酒也就只够装满两个小杯，”她说。

他们坐在小甜心的厨房里，喝了一杯红酒。很快，丹尼就殷勤有余，想要一举攻陷她的操守。令他吃惊的是，小甜心顽强抵抗，这与她的身材和声誉极不相符。丑陋的欲望之兽在他心中苏醒。他很生气。在快要离开的时候，他才明白该怎么做。

那个沙哑的声音说：“也许你想今晚来看我吧，丹尼。”小甜心的眼神迷离，醉人的双眸朦朦胧胧地望着他，并发出了邀请。“人家总是有邻居的嘛，”她微妙地提示道。

然后，他就明白了。“我会来的，”他答应道。

已经到了下午三点左右。丹尼走在街上，又向托雷利酒馆走去，体内的兽性也变了。它从一只凶猛咆哮的野狼变成了一只毛茸茸的、多愁善感的大笨熊。“我要带着酒去找甜甜宝贝，”他心里想着。

在下山的路上，该遇见的没遇见，却碰到了巴勃罗，巴勃罗有两块口香糖。他给了丹尼一块，然后就和他一起走。“你要去哪啊？”

“现在不是谈友情的时候，”丹尼尖刻地回答道，“我要先去买点儿酒送给一位女士。你可以跟我来，但只能喝一杯啊。给女士买酒，却让我的朋友们都给喝光了，这种事我太烦了。”

巴勃罗也认为这种做法的确无法忍受的。至于他自己嘛，他不想喝丹尼的酒，只想要和他待在一起。

他们去了托雷利酒馆。买了一加仑的酒，两人各自喝了一杯。丹尼承认只给朋友一小杯的话，太吝啬了。虽然巴勃罗表示强烈的抗议，但是他们还是又喝了一杯。丹尼想，女士嘛，不应该喝太多的酒。她们喝酒容易变蠢，而且酒还会让女人身上那种让人喜欢的机灵感减退。他们又喝了几杯。送半加仑的葡萄酒也是一份厚重的礼物，尤其是丹尼还准备到城里买另一件礼物。他们量着留出了半加仑的葡萄酒，把多的那部分给喝完了。然后丹尼就把酒瓶藏在沟里的杂草中了。

“我想让你和我一起去买礼物，巴勃罗。”他说。

巴勃罗知道丹尼邀请他的原因。一半是想和巴勃罗一起，另一半是害怕和巴勃罗分开后，留下来的那些葡萄酒会有危险。他们刻意地挺直腰板下山。

西蒙投资珠宝借贷公司的店主西蒙先生把他们迎到店里。商店的名字表明这家公司销售商品的范围，柜台上摆放着萨克斯管、收音机、步枪、小刀、钓鱼竿和古钱币。所有的货都是二手的，但实际上都比新的还要好，因为它们都刚好磨合好了，用着正顺手。

“您想买点什么？”西蒙先生问。

“是的，”丹尼说。

店主在心里拟定了一份暂定的名单，一一列举出来，突然说到一半就停了下来，因为他看到丹尼正在看一个很大的铝制真空吸尘器。它的积尘袋是蓝黄相间格子的图案。它的电线又长又黑还很光滑。西蒙先生走到跟前，用手擦了擦，然后站在一旁欣赏着这件商品。“是想要真空吸尘器之类的东西吗？”他问道。

“多少钱？”

“这一台的话，十四美元。”与其说这是报价，不如说这不过是想看看丹尼到底有多少钱。丹尼想要它，因为它又大又亮。薄饼坪的女人都没有这种东西。这一刻，他忘了薄饼坪还没有通电。他把两美元放到了柜台上，然后等着店主爆发——暴跳如雷，怒不可遏，悲痛欲绝，变穷了，被毁了，受骗了。店主夸赞着吸尘器的光泽、积尘袋的颜色、电线的长度，还有仅仅是金属本身价值就有多大。店主发泄完毕，丹尼就拿着真空吸尘器走了。

下午，小甜心多次搬出吸尘器，把它靠在椅子上，这成了她的一种消遣。在她的朋友们来看的时候，她就来来回回地推着吸尘器走来走去，让人看看它滚动起来是多么容易。她还用嘴巴发出嗡嗡声，来模仿马达的声音。

“我朋友是个有钱人，”她说，“我想很快就会有电线，直接拉到房子里来，接着嘶嘶、嘶嘶、嘶嘶！然后这房子就被打扫得干干净净啦！”

她的朋友们试图贬低这件礼物，说：“你没法使用这台机器真是太糟糕了。”还有的说，“我总是觉得吧，扫帚和簸箕，要是用得对了，能扫的更彻底。”

但她们的嫉妒并没有让吸尘器的风头损伤分毫。因为有了吸尘器，薄饼坪小甜心的社会地位攀升到了顶峰。不记得她名字的人称她为“那个有扫地机器的人”。当她的敌人经过她家时，经常可以从窗户里看到小甜心推着吸尘器来回走动，嗓子里发出一阵响亮的嗡嗡声。事实上，她每天打扫完房子以后，就会推着吸尘器再到处走一圈，她的理论就是，通上电后当然会打扫得更干净，但一个人不可能什么都能够拥有吧。

她引起了许多人的嫉妒。她的行为举止变得端庄而优雅，她高高抬起下巴，就像拥有扫地机的人该有的样子。在和别人的谈话中，她总会提到吸尘器。“今天早上拉蒙经过这儿的时候，我正在用扫地机呢”。“今天早上，路易丝·米特割伤手时，我刚用完扫地机还不到三个小时呢。”

虽然她的社会地位上升了，但是她并没有忽视丹尼。他在的时候，她的声音就会充满柔情而变得格外激动。她就像风中的松树一样摇摆，扭动着腰身。他每天晚上都在小甜心家过夜。

起初，他的朋友们没有理会他的夜不归宿，因为这种风流韵事是每个人的权利。但是几个星期过去了，相当激烈的性生活开始让丹尼无精打采，脸色苍白，朋友们认为，小甜心对扫地机的感激之情对丹尼的身体健康产生了不利的影响。小甜心吸引了丹尼这么久的注意力，他们很是嫉妒。

皮隆、巴勃罗和耶稣·玛利亚·科科伦轮流在他不在的时候去攻击他的爱巢，可是小甜心虽然听出了他们的恭维，却仍然忠实于丹尼，因为他大大提高了她的社会地位。她竭力地保持着与他们几位的友谊，以备将来不时之需，因为她知道命运是变幻无常的。但她坚决拒绝与丹尼的朋友们分享此时已经属于丹尼的一切。

因此，在绝望中，朋友们组成了一个小团队，志在摧毁她。

也许在丹尼内心深处，他已经开始厌倦了小甜心的爱恋，以及这份情感需要他承担的陪伴责任。即使丹尼的内心真的正在发生这样的变化，他自己也不会承认。

一天下午三点钟，皮隆、巴勃罗和耶稣·玛利亚，以及心不在焉跟在后面的大乔·波特吉，他们经过艰苦的努力用了大半天的时间，得意洋洋地胜利归来。他们的这场战役让皮隆的理性逻辑、巴勃罗的艺术率真、耶稣·玛利亚·科科伦的温柔仁慈都发挥到了极致。大乔什么贡献也没做。

但是现在，他们像四个猎人一样，结束追捕回到家，因为胜利来之不易，所以他们也格外得高兴。在蒙特雷城，一个可怜的意大利人迷惑不已，逐渐地明白过来，确信自己让人骗了。

皮隆拿着一个用常春藤包裹着的酒壶，里面装了一加仑的酒。他们兴高采烈地走进丹尼的房子，皮隆把酒放在桌子上。

丹尼从酣睡中醒来，轻轻地笑了笑，从床上爬起来，把几个水果罐头瓶子摆了出来，倒上酒。他的四个朋友跌坐在椅子上，因为这是他们疲惫不堪的一天。

在傍晚的时候，就是这个奇特的休息时间里，他们静静地喝着酒。这个时间，差不多薄饼坪的每个人都会停止工作，回想一下白天刚刚发生的事情，再畅想一下晚上可能会发生的事情。一下午有很多的事情可以讨论讨论。

“科妮莉亚·鲁伊斯今天早上换了一个男人，”皮隆说，“是个秃头。他叫基尔帕特里克。科妮莉亚说她的另一个男人上周有三个晚上没回家。她不喜欢这样。”

“科妮莉亚是个极善变的女人，”丹尼说。他想到自己那非常稳定的关系，沾沾自喜，那是建立在吸尘器基础上的关系。

“科妮莉亚的父亲更糟，”巴勃罗说，“他就不说实话。有一次他向我借了一美元。我都把这事告诉科妮莉亚了，可她什么也没做。”

“真是一脉相承。‘有其父必有其子。’”皮隆说道，非常合乎情理。。

丹尼又把几个罐头瓶倒满了，一加仑的酒也喝光了。他懊恼地看着酒瓶。

那个热爱人文的耶稣·玛利亚，平静地大声说道：“我看见苏茜·弗朗西斯科了，皮隆。她说那个药方很有效。她已经和查理·古兹曼一起坐着摩托车出去兜风三次了。前两次她给他吃了爱情药，他不舒服。她还认为那药方没有用呢。但现在苏茜说你随时都可以去找她拿饼干吃。”

“那药方里有啥？”巴勃罗问道。

皮隆一副神秘兮兮的样子。“我不能全说出来。但我猜一定是里面的毒栎让查理·古兹曼生病了。”

一加仑的酒喝得太快了。六个朋友个个都感到口渴得厉害，承受着欲望的痛苦。皮隆望着低垂着眼睛的朋友们，他们也看了看他。阴谋已经准备就绪。

皮隆清了清嗓子，说：“你做什么呢，丹尼，让全城的人都嘲笑你？”

丹尼看起来很焦虑，问：“你什么意思？”

皮隆咯咯地笑了：“很多人都说，你为一位女士买了一台扫地机，但是除非把电线拉进房子里，否则这台扫地机是不能工作的。而那些电线要花很多钱。有些人就觉得这个礼物太好笑了。”

丹尼有些不舒服了。“那位女士喜欢扫地机，”他辩解道。

“怎么会不喜欢呢？”巴勃罗同意道。“她跟一些人说，你答应在她的房子里装上电线，这样扫地机就能用了。”

丹尼看起来更心绪不宁了。“她这么说了吗？”

“别人是这么跟我说的。”

“好吧，我不会那样做的，”丹尼喊道。

“虽然我觉得这件事不好笑，但是我听到有人嘲笑我的朋友肯定会非常生气。”皮隆说。

“要是她要你拉电线，你怎么办？”耶稣·玛利亚问。

“我会告诉她‘不行’，”丹尼说。

皮隆笑了。“希望那会儿我也能在那儿。对那位女士说‘不行’不是一件多么简单的事。”

丹尼发现朋友们都反对他。“我该怎么办？”他无奈地问道。

皮隆认真地思考着这个问题，想着用现实的办法。“如果那位女士没有扫地机，她就不会想要电线了，”他说。

朋友们点头表示同意。“因此，”皮隆继续说，“要做的就是把那台扫地机搬走。”

“哦，她不会让我拿走的。”丹尼反对道。

“那我们就帮你嘛。”皮隆说，“我会拿走那台机器，作为补偿，你可以给这位女士送一加仑的葡萄酒作为礼物。她压根就不会知道扫地机去哪儿了。”

“有邻居会看到你把扫地机拿走的。”

“哦，并不会，”皮隆说，“你留在这儿，丹尼。我去拿机器。”

丹尼宽慰地舒了一口气，因为好朋友们帮他解决了问题。

皮隆差不多知道薄饼坪上发生的各种事情。他的眼睛看到的、耳朵听到的，都在脑子里作了清晰的记录。他知道小甜心每天下午四点半会去商店。皮隆根据她的这个几乎一成不变的习惯来实施计划。

“你最好什么都不知道，”他告诉丹尼。

皮隆在院子里准备了一个麻袋。他用刀子从玫瑰丛上砍下一根粗大的树枝，塞进了袋子。

到了小甜心家，他发现她不在，正如他所期待和盼望的那样。“其实这是丹尼的机器，”他对自己说。

走到屋子，把吸尘器放进麻袋，接着把玫瑰枝巧妙地插进袋子口，这一切都是一瞬间的事。

当他走出院子时，遇到了小甜心。皮隆礼貌地摘下帽子。“我在院子里打发了会儿时间，”他说。

“现在要收工了吗，皮隆？”

“还没呢。我还要去蒙特雷办点儿事。有点晚了。”

“你带着玫瑰花要去哪里呀？”

“蒙特雷城里有个人要买。多好看的玫瑰花啊。你看看它多结实啊。”

“改天再来玩呀，皮隆。”

他在街上镇定地走着，没有听到愤怒的叫喊。“也许她一时半会儿还不会想起它来。”他想。

问题已经解决了一半，但还有一半没有解决。“丹尼能用这台扫地机做什么呢？”皮隆自言自语，“如果他拿着这个扫地机，小甜心就会知道是他拿走了。那我能把它扔掉吗？那不行，因为这东西很值钱呢。要做的就是既要处理掉它，同时还要从中受益。”

现在全部问题都解决了。皮隆径直走下山，朝着托雷利酒馆走去。

这是一个很大且闪闪发光的真空吸尘器啊。等到皮隆回到山上的时候，他两只手里各提着一加仑酒。

他走进屋子时，朋友们默默地看着他。他把一瓶酒放在桌子上，另一瓶放在地板上。

“我给你带了一份送给那位女士的礼物，”他告诉丹尼，“这里的这点儿酒呢，是给我们自己喝的。”

他们兴奋地聚了过来，他们就像一团烈火渴望酒。第一加仑的酒快要喝完的时候，皮隆把杯子举起来对着烛光，看着杯子。“事情本身并不重要，”他说。“但从发生的每件事中，我们都应该吸取教训。这件事给我们的教训就是，一件礼物，尤其是送给一位女士的礼物，不应该需要再送一个额外的礼物来配套。另一个教训就是，送太贵重的礼物是罪过，因为它可能会诱发贪婪。”

第一加仑酒喝完了。朋友们看着丹尼，想知道他的感受。他一直很安静，但现在他看到朋友们都在等着他说点什么。

“那位女士很有活力，”他谨慎地说道。“那位女士很富有同情心啊。但是该死的！”他说，“我受够了！”他走到第二瓶酒前，拔下了瓶塞。

海盗坐在角落里，跟狗在一起，他偷偷地笑了，羡慕地低声说道：“‘该死的，我受够了！’”海盗心想，这可太棒了。

第二瓶酒还没喝一半，其实他们也就只唱了两首歌，小约翰尼·篷篷就进来了。“我刚刚在托雷利酒馆，”小约翰尼说。“哦，那个托雷利疯了！他大喊大叫！用拳头使劲打着桌子。”

朋友们饶有兴趣地抬起头来。“发生什么事了吧。可能是托雷利活该吧。”

“他常常不肯给他的老顾客喝一小杯酒。”

“托雷利怎么了？”巴勃罗问道。

约翰尼·篷篷接过了一扎红酒，说道：“托雷利说，他从皮隆那里买了一台扫地机，但他把扫地机接上电线时，不工作啊。所以他就看了看里面，发现没有马达。他说他要杀了皮隆。”

皮隆看起来十分震惊。“我不知道这台机器有故障啊，”他说。“但我不是说过不管发生了什么托雷利都是罪有应得吗？那台机器能卖三四加仑的酒，但那个守财奴托雷利最多只肯给两加仑。”

丹尼仍然对皮隆心存感激。他咂了咂嘴上的酒。“托雷利的酒越来越差了，”他说，“最好的时候，他家的酒也就像是猪吃剩下的泔水，但最近太差劲了，连查理·马什都不愿意喝。”

他们都觉得多多少少地报复了一下托雷利。

“我想，”丹尼说，“如果托雷利再不注意的话，我们以后就去别的地方买酒。”

第十章

朋友们安慰下士，收获为父之道

耶稣·玛利亚·科科伦充满了仁慈博爱。他试图减轻人们的痛苦，抚平悲伤，分享幸福。耶稣·玛利亚既不冷酷无情，也不会为了什么忧心忡忡。他毫不吝啬，愿意帮助任何有需要的人。他把自己的资源和智慧无私地提供给那些不如他的人。

何塞·德·拉·纳里兹摔断腿时，正是耶稣·玛利亚背着他走了四英里路。帕罗齐科太太丢了她那只心爱的能给家里提供羊奶和奶酪的好山羊时，正是耶稣·玛利亚追查到了大乔·波特吉，并阻止了他杀山羊，让大乔把那只羊还了回去。查理·马什躺在他自己的污秽里，也是耶稣·玛利亚把他从里面拉了出来。做这件事不仅需要有一颗温暖的心，还需要有一个坚强的胃。

耶稣·玛利亚除了有行善的能力，还有一种天赋，他总能出现在需要行善的地方。

耶稣·玛利亚的名声如此好，以至于皮隆曾经说过："我说呀，要是耶稣·玛利亚进了教堂，蒙特雷城的日历上就会多出一个圣人纪念日。”

耶稣·玛利亚从他的灵魂深处汲取了仁慈，这种仁慈取之不尽，用之不竭。

耶稣·玛利亚每天都去邮局，首先因为在那里他可以看到许多他认识的人，其次因为在邮局的拐角处，风很大，他可以看到许多姑娘的美腿。千万别以为，有这方面的兴趣就是粗俗的。这就像批评去美术馆或听音乐会一样。耶稣·玛利亚就是喜欢看姑娘的美腿。

一天，他在邮局门口靠了两个小时，结果一无所获。这时，他看到了一幅可怜的场景。一个警察带着个十六岁左右的年轻小伙沿着人行道走过来，那个年轻人怀里抱着一个包裹在灰色毯子里的小婴儿。

警察边走边说：“我听不懂你的话不重要。但你不能整天坐在沟里。我们会把你的情况查清楚的。”

年轻人用一种特殊语调的西班牙语说道：“但是，先生，我没有做错什么啊。你为什么要带走我？”

警察看到了耶稣·玛利亚。“嘿，伙计，”他喊道，“这家伙在说什么呢？”

耶稣·玛利亚走了出来，对年轻人说：“需要帮忙吗？”

那个年轻人的话匣子就像让洪水冲开了一样。“我来这里是为了找工作。几个墨西哥人说这里有工作，但是并没有。我正坐在那儿休息呢，这个人就来把我拖走了。”

耶稣·玛利亚点点头，转向警察：“这个小家伙犯了什么罪吗？”

“没有，但他已经在阿尔瓦拉多街的水沟里坐了大约三个小时了。”

“他是我的一个朋友，”耶稣·玛利亚说，“我会照顾他的。”

“好吧，让他远离水沟。”

耶稣·玛利亚和他的新朋友向山上走去。“我带你去我住的地方吧。在那儿你可以吃点东西。小婴儿是怎么回事？”

“这是我的孩子，”年轻人说，“我是下士，他是我的孩子。他现在病了，但是等长大以后他会成为将军的。”

“他得了什么病，下士先生？”

“我不知道。他就是病了。”他把婴儿的脸露了出来，小婴儿看上去确实病得很厉害。

耶稣·玛利亚的同情心暴增。“我住的房子是我的朋友丹尼的，他是一个好人，下士先生。遇到麻烦的时候，就可以向他求助。这样吧，我们去那儿，丹尼会给我们提供住的地方。我的朋友帕罗齐科太太有一只山羊。我们和她借一点儿羊奶给孩子喝。”

下士的脸上第一次露出了欣慰的笑。“有朋友真好啊，”他说。“在托雷翁我有很多朋友，他们就算让自己变成乞丐也会帮助我。”他对耶稣·玛利亚夸耀地说。“我也有有钱的朋友，但他们当然不知道我现在的情况。”

皮隆推开丹尼院子的门，他们一起走了进去。丹尼、巴勃罗和大乔坐在客厅里，等待着每日奇迹般出现的食物。耶稣·玛利亚把那个年轻人推进了房间。

“这是一位年轻的士兵，下士，”他解释道，“他还带着一个婴儿，婴儿病了。”

朋友们很快站了起来。下士把盖在婴儿脸上的灰毯子掀了起来。

“他确实病了，”丹尼说，“也许我们应该找个医生。”

但是士兵摇了摇头。“不要医生。我不喜欢医生。这个孩子不哭，也不会吃很多东西。也许等他休息休息，就会好起来的。”

这时，皮隆走了进来，仔细地打量着孩子。“这个孩子病了，”他说。

皮隆立即控制住了局面。他让耶稣·玛利亚去帕罗齐科太太家借点儿羊奶。让大乔和巴勃罗去找一个苹果箱，在里面垫上干草，再在上面铺上一件羊皮大衣。丹尼想要让出来他的床，但被拒绝了。下士站在起居室里，对着这些善良的人温柔地笑着。最后，小婴儿躺在了箱子里，但他的眼睛无精打采，也不喝羊奶。

海盗带着一袋马鲛鱼进来了。朋友们煮了鱼，开始吃晚饭。小婴儿甚至连鱼也不愿意吃。时不时地他们就会有一个人跳起来跑去看看婴儿。晚饭过后，他们围坐在火炉旁，准备过一个安安静静的夜晚。

下士一直一言不发，也不说自己的情况。朋友们感觉有点儿伤心，但他们知道，早晚他会说的。皮隆认为，对事情的认知就像可以开采的金矿，他试探着撬开下士的沉默。

“一个年轻的士兵带着一个婴儿，这可不常见啊。”他委婉地提道。

下士骄傲地咧嘴一笑。

巴勃罗补充说：“这个婴儿可能是在爱的花园里发现的吧。这样的宝宝最好啦，因为那里面可全都是最美好的东西啊。”

“我们也当过兵，”丹尼说，“我们死后，会用炮车把我们拉到坟墓那里，还有一整个队伍会在我们上方鸣枪来送别。”

他们等着，想看看下士是否会利用他们提供的机会来说明情况。下士露出感激的神情。“你们待我很好，”他说，“你们就像我在托雷翁的朋友们一样，对我好又善良。这是我的孩子，我妻子生的孩子。”

“你的妻子在哪儿？”皮隆问道。

下士失去了笑容。“她在墨西哥，”他说。然后他又活跃了起来，“我遇到一个人，他告诉我一件奇怪的事。他说我们可以随心所欲地把孩子养成我们想要的样子。他说：‘你经常告诉孩子你想让他以后做什么，等他长大了，他就会照做。’我一遍又一遍地告诉这个孩子，‘你会成为将军。’你们觉得会实现吗？”

朋友们礼貌地点点头。“也许吧。”皮隆说，“我没有听说过这种做法。”

“我每天说二十次，‘曼纽尔，有一天你会成为将军。你会戴着大肩章和绶带。你的剑是金子的。你会骑一匹帕洛米诺马。你的一生真精彩，曼纽尔！’那个人说，只要我这么说，他就一定会成为将军。”

丹尼站起来走到苹果箱前。“你会成为将军的，”他对孩子说，“等你长大了，你会是一个伟大的将军。”

其他人成群结队地走了过来，想看看这个方法是不是有效。

海盗低声说：“你将会成为将军，”他不知道同样的方法是否也适用于他的狗。

“这个孩子病得很厉害，”丹尼说，“我们必须得给他保暖。”

他们又回到自己的座位上坐下。

“你说到你的妻子在墨西哥——”皮隆又提了起来。

下士皱起眉头，想了一会儿，然后灿烂地笑了。“我来告诉你们吧。这不是一件能跟陌生人说的事，但你们是我的朋友呀。我是奇瓦瓦的一名士兵，我勤奋、爱干净，总是会给我的枪上油，所以我就成了下士。然后我娶了一个漂亮的女孩。我不会说她不是因为我的臂章才嫁给我的。但她真的很漂亮，也很年轻。她的眼睛很明亮，牙齿很洁白，头发又长又亮。所以没多久，这个孩子就出生了。”

“那很好啊，”丹尼说，“我要是你就好了。没什么比有个孩子更好的了。”

“是啊，”下士说，“我很高兴。我们带着孩子去参加洗礼，我戴着绶带，虽然陆军法典上没有提到要带绶带。当我们走出教堂的时候，一个戴着肩章、绶带而且配着一把银剑的指挥官看见了我的妻子。不久我的妻子就消失了。然后我去找那个指挥官，我说，‘把我的妻子还给我，’他说，‘你是不想活了吧，竟敢用这种语气对你的上司说话。’”下士摊开双手，抬起肩膀，做了一个被关在笼子里听天由命的姿势。

“哦，那就是个贼！”耶稣·玛利亚喊道。

“然后你就召集了你的朋友们。杀死了那个指挥官。”巴勃罗抢先说道

下士显得有些局促不安。“没有。我什么都没做。第一天晚上，有人从窗户那儿向我开了一枪。第二天，发射了一门野战炮了，它离我特别近，那个炮的气浪都把我吹倒了。所以我就带着孩子离开了那里。”

朋友们脸上都露出了凶狠的表情，他们的眼神都很危险。海盗在角落里愤怒地骂着，他的狗也都跟着狂吠起来。

“我们要是在那儿就好了，”皮隆叫道，“我们会让那个指挥官求死不得。我的爷爷让一个牧师给折磨过，他就把那个牧师脱光了衣服绑在畜栏的柱子上，还把一头小牛和他关在了一起。嗨，有的是办法整他。”

“我当时只是个下士，”小伙子说，“我不得不逃

跑。他眼中充满了羞愧的泪水。“指挥官要跟我作对，就没有人敢去帮我这个下士，所以我带着小曼纽尔逃走了。在弗雷斯诺，我遇到了那个聪明人，他告诉我，我可以让曼纽尔成为我所希望的样子。我就每天对孩子说二十遍，‘你会成为将军。你要戴肩章，佩一把金剑。’”

这样戏剧化的故事显得科妮莉亚·鲁伊斯的奇闻轶事乏味无趣没有意义。现在的情况需要朋友们采取行动。但事情发生在如此的遥远的地方，不可能复仇。他们钦佩地看着下士。他这么年轻，怎么会有如此不平凡的经历！

“我真希望，”丹尼愤怒地说着，“我们现在就在托雷翁。皮隆会为我们制定计划。真可惜我们不能去那儿！”

大乔·波特吉一直清醒着，这是他对下士感人故事的致敬。他走到苹果箱跟前，往里看。“你会成为将军的，”他说。紧接着他叫了起来：“快看！这孩子动得怪怪的。”朋友们围了过来。小婴儿已经开始抽搐了。两只小脚踢一下收一下。两只手无助地抓来抓去，挣扎着身子，打着寒颤。

“找医生，”丹尼叫道，“我们必须找医生。”但是他和所有人都知道没用了。死神披着斗篷逼近了。他们眼看着小婴儿身子僵硬了，挣扎也结束了。他的嘴张得大大的，孩子已经死了。出于好意，丹尼用一条毯子把苹果箱子盖上了。下士笔直地站在那儿，两只眼睛死死地盯着眼前发生的一切，震惊得说不出话来，也无法思考。

耶稣·玛利亚把手放在他的肩上，把他领到椅子旁边坐下。“你还很年轻，”他说，“你还会有更多的孩子的。”

下士呻吟道：“现在他死了。他永远都不能做将军了，不能佩戴绶带和金剑了。”

朋友们眼里饱含泪水。角落里，所有的狗都悲伤地呜呜叫着。海盗把他的大脑袋埋在亚历克·汤普逊先生的长毛里。

皮隆用一种柔和的语调，几乎就像是在求上帝赐福，说道：“现在你必须自己杀死那个指挥官。我们会以你为荣，帮你制定复仇计划，但我们只能做这些，你必须自己去复仇，如果可以的话，我们会尽力帮助你的。”

下士目光呆滞地望着他。“复仇？”他问道，“杀死指挥官？什么意思？”

“怎么，你的计划很明显啊。”皮隆说，“等这个孩子长大了，他会成为将军，迟早会找到那个指挥官，然后慢慢杀了他。这是个好计划啊。漫长的等待，重拳出击。我们作为你的朋友们，向你致敬。”

下士茫然地望着皮隆。“这是怎么回事？”他问道，“我与这个指挥官没有任何关系。他是个指挥官啊。”

朋友们往前坐了一下。

皮隆叫道：“那你为什么会有让孩子成为将军的计划？当将军是为了什么呢？”

这时下士有点儿尴尬了。“照顾好自己的孩子是父亲的责任。我希望曼纽尔拥有的好东西比我更多。”

“就这些吗？”丹尼喊道。

“嗯，”下士说，“我的妻子很漂亮，而且她也不是个婊子。她是个好女人，所以那个指挥官把她带走了。他有一个小肩章和一条小绶带，他的佩剑也只是银色的。想想看，”下士说着，他展开双手，“要是那个带着小肩章和小绶带的指挥官都能得到我的妻子，想象一下，一个戴着大绶带并佩金剑的将军能得到多少好东西！”

丹尼、皮隆、巴勃罗、耶稣·玛利亚、海盗和大乔·波特吉长时间地沉默着，思考着这个道理。大家都明白过来以后，都等着丹尼开口说话。

“真可惜啊，”丹尼最后说道，“很少有父母把孩子的幸福放在心上了。对孩子的去世，现在我们比之前更难过了，有这样一位父亲，他本该过着多么幸福的生活啊。”

所有的朋友都严肃地点了点头。

“你现在打算做什么呢？”耶稣·玛利亚问道，毕竟这名下士是他发现的。

“我要回墨西哥去，”下士说，“我内心认定自己是一名士兵。如果我继续不忘记给我的枪上油，也许有一天我自己也会成为一名军官。谁能说得准呢？”

六个朋友钦佩地看着他。他们为认识这样一个人而感到自豪。

第十一章

大乔身陷险境时，爱情降临

对大乔·波特吉来说，感受到爱就得做点什么。这是他丰富情史中的一段。

蒙特雷一直在下雨，高大的松树整天不停地往下滴水。薄饼坪的帕沙诺人都不出门，但是每个烟囱里都飘出一股蓝色的烟柱，松木燃烧的味道弥漫开来，空气闻起来是那么的干净、清新又芬芳。

下午五点，雨停了一会儿。大部分时间大乔·波特吉都在海滩上的一只划艇下面待着，这时他从下面钻了出来，朝着山上丹尼的家走去。他又冷又饿。

当他走到薄饼坪的边儿时，天空忽然就像开了个口子似的，下起了倾盆大雨。大乔瞬间就浑身湿透了。他跑到离他最近的一所房子里避雨，那所房子是蒂娅·伊格内西亚的。

这位女士大概四十五岁，多年守寡，生活也过得还算可以。她平时沉默寡言，对人态度严厉，因为她血管里的印第安人血统太多，薄饼坪上的人都认为她不是体面人。

大乔进来的时候，她刚开了一加仑的红酒，正准备为自己倒上一杯来暖暖胃。她试图把酒瓶推到椅子下面藏起来，但失败了。大乔站在门口，身上的水滴落在了地板上。

“进来把衣服弄干吧，”蒂娅·伊格内西亚说。大乔走进屋里，就像一只小猎犬盯着虫子一样，眼睛盯着酒瓶。雨点咆哮着拍打在屋顶上。蒂娅·伊格内西亚把她密封炉里的火拨旺。

“你想喝杯酒吗？”

“想呀，”大乔说。大乔喝完第一杯酒之前，眼睛早就又开始盯着酒瓶子了。他连着喝了三杯酒后，才顾得上说一句话，眼睛里那如狼似虎的渴望也消失了。

蒂娅·伊格内西亚已经不指望她那壶刚开的酒能剩下了，就当它丢了。她和他一起喝酒，只有这样，她才能留着一点酒给自己喝。直到手里拿着第四杯酒的时候，大乔才放松下来，开始享受起来。

“这不是托雷利酒馆的酒，”他说。

“不是，是一位意大利女士我的朋友送给我的。”她又倒了一杯。

夜幕降临。蒂娅·伊格内西亚点燃了一盏煤油灯，在火里放了些木柴。她认为，只要还继续喝酒，就得继续烧着火。她带着批判的眼光端详着大乔·波特吉那巨大的身躯。一束小火苗温暖了她的胸脯。

“你一直在雨中干活吧，可怜的人，”她说，“来吧，把你的外套脱下来，烤干吧。”

大乔很少说谎。他的思维也不够敏捷。“我在海滩上的一只划艇下面睡着了，”他说。

“可你全身都湿透了呀，可怜的家伙。她打量着他，看看他对自己的好意会有什么样的反应，但大乔好像并没什么回应，只是对不用淋雨还能有酒喝而感到高兴。他又把杯子递了过去，让她重新斟满。一整天都没吃东西，这酒驱散了他的疲劳和饥饿。

蒂娅·伊格内西亚接着继续解决问题。“穿着湿外套坐着不舒服。你会感冒的。来吧，让我帮你脱下外套吧。”

大乔舒舒服服地将自己塞进椅子里。“我没事。”他固执地说。

蒂娅·伊格内西亚又给自己倒了一杯。炉中的火苗发出一种急促的声音，与房顶上击鼓似的雨水声交相呼应，让人感觉很舒服。

大乔一点儿友好和献殷勤的举动都没有，他甚至连女主人也在屋里都给忘记了。他大口地喝着酒。对着炉子傻笑。他坐在椅子里轻轻摇晃着身子。

愤怒和绝望在蒂娅·伊格内西亚的心中爆发。“这头猪，”她想，“这头又大又脏的畜生。我要是拉一头牛到屋子里来躲雨，都比现在这个情况要好。其他的男人也至少会说点儿好听的话吧。”

大乔又把杯子拿了过去，想再让她斟满。

这回蒂娅·伊格内西亚勇敢地开始尝试。“在这样一个温暖的小房子里，在这样一个夜晚，是多么幸福啊。”她说，“雨滴滴答答地下个不停，炉子里的火烧得正旺，这时候，人们能体会到友爱。你没有体会到吗？”

“当然能感受到啦，”大乔说。

“也许你眼睛里的光线太亮了，”她害羞地说，“要我把灯吹灭吗？”

“我一点也不介意，”大乔说，“要是你想节省灯油的话，那就吹灭吧。”

她吹灭了灯罩里的灯光，房间里一下子变黑了。然后她回到自己的椅子上坐下，等待着他的风情醒来。她能听到他的椅子轻轻摇动的声音。从炉子的缝隙里透出一点儿亮光，照在家具四角上，闪闪发亮。房间里几乎满是这样微亮的温暖。蒂亚·伊格内西亚听到他椅子摇晃的声音停止了，就做好了拒绝他的准备，结果什么也没有发生。

“想想看，”她说，“这样的天气，你可能在暴风雨中待着，可能在棚子里瑟瑟发抖，或者躺在船下冰冷的沙滩上。但是你没有啊，你坐在一张舒服的椅子上，喝着好酒，身边还有一位女士陪着，她还是你的朋友。”

大乔没有回答。她既听不见他的声音，也看不见他。蒂娅·伊格内西亚把杯子里的酒全喝光了。她把贞操抛到九霄云外了。“我的朋友科妮莉亚·鲁伊斯告诉我，她的几个最好的朋友冒着大雨，不顾寒冷来找她。她安慰他们，然后他们便成了好朋友。”

大乔那儿传来一声轻微的撞碎声。她知道他的酒杯掉在地上了，但之后没有任何其他的动静了。“也许他生病了吧。”她想，“也可能他昏过去了。”她跳了起来，点着一根火柴，把灯芯点亮了。然后她转过头去看向自己的客人。

大乔睡着了，睡得像座山一样沉。他的脚伸在前面，头向后仰着，嘴巴张得大大的。正当她又震惊又气愤地望着他时，他的嘴里发出一声雷鸣般的呼噜声。大乔只有睡着时才感到温暖和舒适。

蒂娅·伊格内西亚过了好一会儿才把她那满腔的情绪控制住。她身上有着浓浓的印第安血统。她没有大声地喊叫。没有！尽管她气得发抖，但她还是走到装着柴火的篮子面前，拿了一根看起来差不多的木棍，掂量了一下，又放下了，再拿出一根。然后她慢慢转向大乔的位置。第一棍打在他的肩膀上，把他从椅子上打了下来。

“你这头猪！”蒂娅·伊格内西亚尖叫道，“你这个又肮脏又大的垃圾货！滚到泥巴里去吧！”

乔在地板上翻了个身。下一棍就打在了他的屁股上，裤子上留下了泥巴的痕迹。大乔马上就醒过来了。

“哎？”他问，“怎么了？出什么事了？你在干什么？”

“我让你看看，”她尖叫道。她猛地打开门，转身朝他冲回来。大乔在殴打下摇摇晃晃地站了起来。棍子敲打在他的后背、肩膀和头上。他用手护着头，跑出了门。

“别打了，”他哀求着，“别打了。到底怎么回事啊？”

怒火中烧的女人像个大黄蜂一样跟在他后面，沿着花园小径跑到了泥泞的街道上。她的愤怒是很可怕的。她沿街追着他跑，一边追还一边打他。

“嘿，”他叫道，“快别打了。”他抓住她的胳膊抱住她，而她的手臂还在拼命挣扎，想要挣脱他，继续打。

“呸，你这头又臭又大的垃圾猪！”她叫喊着，“呸，大蠢牛！”

他不能让她离开，否则就会再挨一顿打，所以他紧紧地抱着她。站在那儿，大乔·波特吉便感受到了爱意袭来。爱在他的脑海里歌唱，爱就像一股洪水一样在他的身体里奔涌咆哮，就像热带风暴撼动了一片棕榈树林似的，撼动着他。他紧紧地抱了她一会儿，直到她的怒气渐渐平息下来。

夜晚，在蒙特雷城，会有警察骑着摩托车在街上巡逻，以确保社会治安稳定。此刻，杰克·雷克正来来回回地四处巡逻，他的雨衣像黑陶器一样闪着暗淡的光。他既不高兴也不舒服。在铺有路面的街道上，骑行还不算太糟，但他巡逻的路线中有一段要穿过薄饼坪的泥泞小路，那儿黄色的泥浆溅得到处都很脏。他的小车灯四处扫射着。发动机费力地发出噗噗声。

突然，杰克·雷克惊讶地叫了起来，停下了车。“这是什么鬼！喂，这他妈的到底是怎么回事？”

大乔把他的脖子扭了过来。“哦，是你吗，杰克？我说啊，杰克，既然你无论如何都要把我们送进监狱，你就不能等一会儿吗？”

警察调转车头。“不要在马路上，”他说，“有人会撞倒你们的。”

摩托车在泥巴路上轰鸣，前灯的闪光在拐角处消失了。雨水淅淅沥沥地敲打着薄饼坪的树木。

第十二章

丹尼的朋友们帮助海盗信守誓言，他的狗看到圣徒显灵

每天下午，海盗都会推着空荡荡的手推车上山，到丹尼的院子里去。他把车靠在篱笆上，用个麻袋盖住，然后把斧头埋到地里，因为众所周知，这样做能够使钢铁更加坚硬。最后，他走进屋子，把手伸进挂在脖子上的烟草袋子里，拿出当天赚的二十五美分交给丹尼。然后，丹尼和海盗，以及其他碰巧还在屋里的朋友，跨过散落在地上的被褥铺盖，庄严地走进卧室。在这些派萨诺人的注视下，丹尼从枕头下面拿出那个帆布包，把新挣来的二十五美分放了进去。他们这样做已经很长一段时间。

这袋钱成了他们友谊的象征，是彼此信任的黏合剂。他们为那笔钱感到骄傲，因为他们从来没有动过那笔钱。对这笔钱财的守护，让他们赢得了自尊和满足感。能让人信任是件多么好的事情。在朋友们的心目中，这笔钱早已不再是货币了。的确，有一段时间，他们曾梦想着能用它买到多少葡萄酒，但过了一段时间，这笔钱就没有了法定货币的概念。他们存钱的目的是买一个金烛台，而这个烛台是要献给阿西西的圣弗朗西斯科。欺骗圣人远比违反法律严重得多。

一天晚上，他们第一时间知道了一条可靠的秘密消息，有一艘海岸警卫队的巡逻艇在卡梅尔附近触礁了。大乔·波特吉有事出去了。丹尼、巴勃罗、皮隆、耶稣·玛利亚，还有海盗和他的狗一起出发了，他们兴高采烈地翻山越岭，想在海滩上捡到一些有用的东西，他们认为这是世界上最令人兴奋的事情。虽然他们到的有点晚，但他们弥补上了耽搁的时间。他们都在海滩上忙活了整整一个晚上，收获了一大堆的好东西：一罐五磅重的黄油、几箱罐头食品、一本让水浸透了的鲍迪奇的《美国航海实践学》、两件水手穿的那种短夹克、一个救生船上用的水桶，还有一挺机关枪。天亮时，他们收集的东西已经堆了很多。

他们以五美元的价格把这堆东西卖给了一位围观者，因为他们根本没办法带着这么沉的东西翻过六英里的陡峭山坡到达薄饼坪。

因为海盗今天没有砍木头，丹尼便给了他二十五美分，他把钱放进自己的袋子里。他们拖着疲倦的身躯往回走，心里却感到温暖和幸福的期待，他们翻过几座山头，径直回到了蒙特雷。

等他们回到丹尼家时已经是下午了。海盗照例打开自己的袋子，把二十五美分交给丹尼。所有人一起进入另一个房间。丹尼把手伸到枕头底下——却什么也没摸到。他把枕头和床垫都掀了起来，然后慢慢地转向他的朋友们，他的眼睛变得像老虎一样凶狠。他从这张脸望到那张脸，在每个人的脸上都看到了恐惧和愤慨，那是装不出来的。

这几个派萨诺人一言不发地走出了房间。丹尼走到院子里，找到一根三英尺长的沉重的松木棍，试着挥舞了几下。巴勃罗走进厨房，出来时攥着一个有年头的开罐刀，刀刃闪着凛冽的光。耶稣·玛利亚从地下室里拿出一个破损的锄头柄。海盗困惑地看着他们。他们都回到房子里，静静地坐了下来。

海盗用拇指戳了戳山下的方向。“是他吗？”他问道。

丹尼缓缓地点了点头。他的眼神迷离，凶神恶煞。他抬着下巴坐在椅子里，整个身体微微地抖动，就像一条准备攻击的响尾蛇。

海盗走进院子，挖出了自己的斧头。

他们在房子里坐了很长时间，没有人说话，但一股冰冷的愤怒席卷了整个房间，就像即将引爆岩石时，导火索越烧越近，炸药快要爆炸的感觉。

一下午过去了，太阳下山了。整个薄饼坪安静了下来，似乎在期待着什么事情发生。

路上传来了脚步声，每个人都握紧了手里的棍子。乔·波特吉摇摇晃晃地走上门廊，走进大门。他手里拿着一加仑的酒，不安地看看这张脸又看看那张脸，但朋友们都一动不动地坐着，没人正视他。

“大家好啊，”大乔说。

“你好啊，”丹尼回应道。他站起来懒洋洋地伸了一下腰。他没有看大乔，也没有直接朝着他走过去，而是转了个弯，好像要从他身边走过去。当他走到大乔身边的时候，他就像毒蛇一样迅速地出击了。用棍子在大乔的后脑勺上狠狠地打了一下，大乔摔倒在地，昏了过去。

丹尼冷静地从口袋里拿出一条生牛皮绳，把·波特吉的手绑了起来。“用水浇醒他，”他说。

巴勃罗往大乔的脸上泼了一桶水。大乔把头侧向一边，像鸡一样伸长脖子，然后睁开眼睛，茫然地望着他的朋友们。根本没有人理他。丹尼像高尔夫球手准备击球一样，仔细测量他与大乔之间的距离，用棍子狠狠地砸向大乔的肩膀。然后，其他人板着脸，有条不紊地打了起来。耶稣·玛利亚打腿，丹尼打肩膀和胸部。大乔嚎叫着，在地上打着滚，脖子以下体无完肤，伤痕累累。大乔的尖叫声震耳欲聋。海盗拿着斧头站在旁边，不知所措。

最后，直到他身体的前面全是一片淤青时，他们才停下来。巴勃罗拿着开罐刀蹲在大乔的头旁。皮隆脱下·波特吉的鞋子，又拿起了棍子。

大乔害怕得尖叫起来，喊道：“我把它埋在大门外面了，看在上帝的份上，别杀我！”

丹尼和皮隆走出大门，几分钟后他们就拿着帆布包回来了。“你拿出来了多少钱？”丹尼问。他的声音很是平静。

“只拿了四美元，我发誓，只拿了四美元，我会努力把它们还回去的。”

丹尼俯下身来，抓住他的肩膀，把他翻过来，让他趴在地上脸朝下。然后，朋友们在他身体的背面按照刚才的手法又狠揍了他一遍。大乔的喊叫声越来越弱，直到昏了过去，他们才收手。接着，皮隆撕开大乔的蓝衬衫，露出被打得稀烂的后背。他用罐头刀熟练地在大乔的后背上划着十字，每条刀痕都有鲜血流出。巴勃罗把盐递给皮隆，帮他把盐涂在大乔后背的所有伤口上。最后，丹尼扔过一条毯子盖在这个昏迷不醒的人身上。

“我想他以后再也不敢撒谎了，”丹尼说。

“我们应该数一数钱。”皮隆说。“我们已经很久没有数过这笔钱了。”他们打开大乔带回来的那一加仑葡萄酒，把那几个水果罐头瓶子倒满，因为他们已经打得筋疲力尽了。

然后他们把十个二十五美分作为一堆数了起来，然后兴奋地又数了一遍。“海盗，”丹尼叫道，“有一千零七个！你的愿望要实现了！这一天终于来了，你可以买金烛台献给圣方济各啦！”

这一天对海盗来说发生了太多的事。他带着狗走到角落，把头埋在弗拉弗的身上，歇斯底里地抽泣起来。其他的狗不安地走来走去，舔他的耳朵，用鼻子拱他的脑袋。弗拉弗仿佛感受到被选中的荣耀，静静地躺着，用鼻子蹭着海盗脖子上浓密的毛发。

丹尼把所有的钱放回袋子里，又把袋子重新放在他的枕头下面。

这时，大乔醒了过来，痛苦呻吟着，因为盐加剧了他后背的疼痛。其他人都没有理他，直到耶稣·玛利亚，一个人道主义的信徒，解开了大乔手上的绳子，给了他一杯酒。“就连我们救世主的敌人也会给他一点儿安慰，”他为自己辩解道。

耶稣·玛利亚的举动结束了这场惩罚。朋友们和善地聚在大乔身边。他们把他搬到丹尼的床上，洗掉伤口上的盐，用湿布搭在他的额头上，不断地给他斟满酒。他们一碰，大乔就呻吟起来。他的道德观也许并没有改变，但可以肯定的是，他再也不会从丹尼家偷派萨诺人的东西了。

海盗不再歇斯底里，他喝着酒，听着丹尼为他制定的计划，脸上洋溢着喜悦之情。

“如果我们带着这笔钱到城里的银行，他们会误认为这都是我们从老虎机里偷来的。我们必须把这笔钱交给拉蒙神父，把整件事情原原本本地告诉他。然后他会去买金烛台，并为金烛台祈福，海盗要去教堂，拉蒙神父可能会在星期天做礼拜时说到他，海盗一定要在那儿听着。”

皮隆嫌弃地看着海盗肮脏、破烂的衣服。“明天啊，”他严厉地说，“你必须用多出来的七个硬币去买些像样的衣服。平时你这么穿就算了，但在那种情况下，你不能像个阴沟老鼠似的走进教堂吧。这也会让你的朋友们脸上无光啊。”

海盗笑眯眯地看着他。“明天我就去买，”他承诺道。

第二天早上，他信守诺言，去了蒙特雷城。他仔细地挑选商品，精明地讨价还价，一点也不像两年多没有买过东西的人。他得意洋洋地回到丹尼家，带回来一条很大的紫绿相间的丝绸手帕，还有一条缀满彩色玻璃珠宝的宽皮带。朋友们都很欣赏他买的东西。

“可是你打算穿什么呢？”丹尼失望地问。“为了缓解你的拇囊炎，你把鞋剪了两个洞。你只有件破旧的工作服，还没有帽子。”

“我们得借他几件衣服。”耶稣·玛利亚说，“我有件外套和马甲。皮隆父亲的帽子还不错。丹尼，你有一件衬衫，大乔有条漂亮的蓝色裤子。”

“那我们就不能去了。”皮隆抗议道。

“那不是我们的烛台。”耶稣·玛利亚说，“拉蒙神父不太可能说我们什么好话。”

当天下午，他们就把那些钱护送到神父的家里。神父听着那条病狗的故事，眼神变得柔和起来。“——还有，神父，”海盗说，“那只小狗很乖，鼻子干干的，眼睛就像海里捞出来的玻璃瓶一样亮，它身体不舒服，就一直哼哼。然后，神父，我许愿把一个金烛台献给圣方济各，还要为他点一千天的蜡烛。他真的是我的守护神啊，神父。

接着奇迹就出现了！那条狗摇了三次尾巴，接着它就好起来了。这个奇迹是圣方济各赐予的，神父，是不是？”

神父严肃地点了点头。“是的，”他说。“这是我们仁慈的圣方济各送来的奇迹。我帮你买这个金烛台。”

海盗非常高兴，因为他的祈祷灵验了，出现了真正的奇迹，这可不是一件小事。如果这件事传开的话，海盗在薄饼坪的地位会更高。他的朋友们对他产生一种新的敬意。他们并不认为他比以前更聪明，但是现在他们认为上天和圣人的力量弥补了他那贫乏的才智。

他们朝丹尼的房子走去，几条狗跟在他们后面。海盗觉得自己像是在至福的金色圣水里沐浴过了。他感到阵阵快乐带来颤抖和狂热。朋友们都很高兴帮他守护住了这笔钱，他们甚至也从这个行为中获得了一点儿神圣感。皮隆松了一口气，庆幸自己当初没有偷钱。如果他拿走了属于圣人的这些硬币，不知道会发生多么可怕的事情。他们所有人都像是在教堂里一样虔诚。

卖了打捞上来的那堆东西得到的五美元，就像火一样在丹尼的口袋里燃烧，但是现在他知道该怎么处理这笔钱了。他和皮隆去市场买了七磅汉堡包、一袋洋葱和面包还有一大袋的糖果。巴勃罗和耶稣·玛利亚去托雷利酒馆买了两加仑的红酒，他们在回家的路上一滴酒也没喝。

那天晚上，炉火烧得正旺，桌上点了两支蜡烛，朋友们尽情享用大餐。这是为海盗举办的宴会。他尽量表现出一副尊贵的样子。然而，在他本应严肃的时候，他却一直在笑，实在是忍不住。

他们饱餐一顿之后，坐了下来，小口地嘬着水果罐头瓶里的葡萄酒。“我们的小伙伴，”他们朝海盗喊着。

耶稣·玛利亚问道：“奇迹发生时，你有什么感觉？就是当你许愿要奉献金烛台，你的狗开始好转时，你有什么感觉？你看见什么圣徒显灵了吗？”

海盗努力地回忆着，“我好像没看见——也可能看到了一些——好像看到了圣方济各在天上，他就像太阳一样闪闪发光——”

“你怎么能不记得呢？”皮隆问道。

“对了——我想我记起来了——圣方济各看着我——他笑了，就像仁慈的圣人的微笑一样。然后我就知道奇迹发生了。他说：‘对小狗们好点吧，你这个肮脏的男人。’”

“他这么叫你？”

“嗯，我确实是这样的人，要是他撒谎的话那他就不是圣人了。”

“我觉得你根本不记得了，”巴勃罗说。

“嗯——可能是不记得了。不过我感觉我还记得。海盗赢得了荣耀和关注，特别高兴，所以就有点喝醉了。

“我奶奶看到过圣母，”耶稣·玛利亚说。“她当时病得快死了，我听见她喊了起来。她说：‘哦！我看见圣母了。哦！亲爱的圣母玛利亚，恩济众生。’”“有些人注定会看到这些显灵的。”丹尼说，“我爸爸不是个很善良的人，但他有时能看到圣人，有时看到一些不好的东西。这取决于他当时是在做好事还是坏事。你还见过其他显灵吗，海盗？”

“没有，”海盗说，“再看到更多这样的景象我会害怕的。”

这次体面的聚会持续了很长时间。朋友们知道他们今晚并不孤单。透过墙壁、窗户和屋顶，他们能感觉到圣徒们的眼睛正俯视着他们。

“礼拜天的时候，你的金烛台就会在那儿了。”皮隆说，“我们没法去了，因为你要穿着我们的衣服。我不敢说拉蒙神父一定会提到你的名字，但他可能会说到烛台的事情。你得记住他说了些什么，海盗，这样你才能讲给我们听。”

皮隆变得严肃起来，“我的朋友，今天拉蒙神父的家里到处都是你的狗。今天也许还可以，但是你必须记住，礼拜天不要带他们去教堂。这些狗出现在教堂里是不合适的。把狗留在家里吧。”

海盗很失望。“它们想去啊，”他喊道，“我怎么能留下他们？我又能把它们留在哪里呢？”

巴勃罗很生气，“到目前为止，你在这件事上表现得很好，小海盗。难不成到了最后你想犯亵渎神明的罪吗？”

“不想，”海盗卑微地说。

“那就把你的狗留在这儿，我们来照顾它们。把这些狗带进教堂就是亵渎神明。”

奇怪的是那天晚上他们喝酒时一直很清醒。过了三个小时，他们才唱了一首有些低俗的歌。喝到了很晚，他们才开始想到那些轻佻的女人。等到他们喝到想打架的时候，他们已经困得打不动了。今晚是他们生活中一个伟大的里程碑。

礼拜天上午，准备工作非常紧张激烈。他们给海盗洗了澡，检查了他的耳朵和鼻孔。大乔裹在毯子里，看着海盗穿上他的蓝裤子。皮隆拿出他父亲的帽子。他们劝海盗不要把那个镶满玻璃珠宝的腰带系在外套的外面，并教他如何敞开外套，这样那些珠宝就会不时地闪着光。最麻烦的问题是鞋子。只有大乔的鞋子合适，但是他的鞋子比海盗的还要破。问题在于为了缓解囊肿引起的疼痛而剪开的洞，让脚趾露了出来。最后皮隆用炉子里的烟灰解决了这个问题。把黑色的烟灰抹在脚趾上，就很难再看到鞋上的破洞了。

最后海盗准备好了。他潇洒地戴着皮隆父亲的帽子，穿着丹尼的衬衫，大乔的裤子，脖子上围着那块大丝绸手帕，玻璃珠宝的皮带不时地闪着光。他来回走了走，让朋友们再检查一下，朋友们挑剔地看着他。

“抬起你的脚，海盗。”

“不要拖着脚后跟。”

“别抓着你的手帕。”

“那些看到你的人会觉得你不习惯穿好衣服。”

最后，海盗转向他的朋友们。“要是能让我的狗跟我一块就好了，”他抱怨道，“我会告诉它们，不准进教堂。”

但是其他人都很坚决。“不行，”丹尼说，“它们总会进去的。我们会在屋子里替你看着他们。”

“它们不会愿意的。”海盗无可奈何地说，“它们可能会感到孤独。”他转头看向角落里的狗。“你们必须待在这里，”他说，“去教堂对你们来说不合适。在我回来之前，你们就和我的朋友们待在一起吧。”说完，他赶紧溜了出去，随手关上了门。屋子里立刻传出一阵狂吠和嚎叫。只是因为相信朋友们的判断，海盗才没有心软。

当海盗走在街上的时候，他觉得没有他的狗陪着他，就好像光着身子，失去了保护，就像失去了一种官能。他十分恐惧一个人在外面。任何人都可能来攻击他。但他还是继续勇敢地走着，穿过小镇，来到了城外的圣卡洛斯教堂。

在礼拜开始之前，教堂的旋转门是开着的。海盗从大理石洗礼盆里蘸了点儿圣水，在胸前画十字，在圣母像面前行屈膝礼，然后走进教堂，在祭坛前致礼后坐了下来。长长的教堂里相当阴暗，但高高的祭坛上点着很多蜡烛。两边的画像前，祈愿的蜡烛正在燃烧。教堂里弥漫着古老而芬芳的熏香。

海盗坐在那儿盯着祭坛看了好一会儿，但觉得祭坛太遥远，太神圣了，不敢让人想得太多，穷人更无法接近它。他在寻找更加温暖、不会令他害怕的东西。就在圣弗朗西斯科的雕像前面，摆着一个美丽的金色烛台，一根高高的蜡烛在燃烧。

海盗兴奋地舒了口气。尽管人们已经进来了，旋转门关上了，礼拜开始了，海盗也和大家一起进行着仪式，但他还是忍不住盯着他的圣人和那个金烛台。那个烛台是如此的美丽。他都不敢相信这是他，海盗，敬奉上的。他想在圣弗朗西斯科的脸上发现他是否喜欢这个烛台。他确信，圣人不时露出微笑，那种想起愉快事情时，让人露出的微笑。

布道终于开始了。“教堂里新添了一件美丽的东西，”拉蒙神父说，“有个信教的孩子为圣方济各献上了一个金色的烛台。”接着他讲了那只狗的故事，故意把情况讲得很严重。他的眼睛扫视着教区信徒们的脸，直到他看到微笑出现了。“这不是一件可笑的事情，”他说，“圣方济各非常喜欢动物，还会对它们布道。”然后拉蒙神父讲了恶狼古比奥的故事，还讲了野生斑鸠和云雀姐妹的故事。在布道过程中，海盗一直惊奇地望着神父。

突然从门里传来一阵急促的奔跑声。接着爆发了一阵狂吠和刮擦声。旋转门剧烈地摇晃着，接着弗拉弗、鲁道夫、恩里克、帕加里托、亚历克·汤普逊都冲了进来。它们抬起鼻子嗅了嗅，然后迅猛地奋力冲向海盗。它们跳到他的身上，呜咽着，吠叫着。它们蜂拥到海盗身边。

神父停了下来，严厉地看着下面的骚动。海盗无可奈何地回头看看，痛苦不堪。所以一切都是徒劳了，已经亵渎了神明。

神父拉蒙笑了起来，教友们也都笑了。“把这些狗带到外面去吧，”他说，“让它们等到我们结束吧。”

海盗尴尬地打着抱歉的手势，领着这些狗走了出去。“这样是不对的，”他对它们说，“你们让我很生气。唉，我为你们感到很羞愧。”这些狗蜷缩在地上，发出可怜的哀嚎声。“我知道你们做了什么，”海盗说，“你们咬了我的朋友，弄碎了窗户，跑了出来。好了，现在待在这儿等着，唉，你们这群邪恶的狗，一群亵渎神灵的狗。”

海盗把狗留在外面，带着悲伤和忏悔回到了教堂。人们还在笑，转过身来都看着他，直到他坐进自己的座位里，想把自己藏起来。

“不用感到羞耻，”拉蒙神父说，“你的狗爱你不是罪过，你爱它们也不是罪过。你知道，圣方济各非常喜欢动物。然后他又讲了许多关于那位仁慈圣人的故事。

海盗不再感到尴尬。他动了动嘴巴。“哦，”他心想，“要是狗能听到这些故事就好了。如果它们能知道这一切，会很高兴的。”布道结束后，他的耳朵边仍然回响着那些故事。他不由自主的地跟着大家去完成仪式，但他并没有听到礼拜的内容。当礼拜结束后，他冲向门口。他是第一个走出教堂的人。他的狗，仍显得悲伤和胆怯，一见到他就围到了他身边。

“来吧，”他喊道，“我有些事情要告诉你们。”

他小跑着上了山，朝着山上的松树林走去，那些狗在他周围又跑又跳。最后，他跑到了树林里隐蔽处，还继续往前跑，直到他在松林中发现了一条长长的林间小道，这里的树枝在头顶上交汇，树干之间又靠得很近。他瞬间无助地四下张望了一下。

“我想制造出跟刚才一样的场景，”他说，“要是你们当时在场，听到神父说的话就好了。”他把一块大石头放在另一块上面。“好了，这就是圣像，”他对这些狗说道。他在地上插了一根小棍子。“这是烛台，里面有一支蜡烛。”

林间空地有些昏暗，空气中弥漫着松脂的清香。松树在微风中低语。海盗威严地说：“恩里克，你坐在这里。还有你，鲁道夫，这儿。弗拉弗最小，坐在这儿。帕加里托，你这个大傻瓜，坐这儿，别惹麻烦。亚历克·汤普逊，不准躺着。”

他把它们排成了两排，两只在前面，三只在后面。

“我告诉你们是怎么回事，”他说，“你们闯进教堂的这件事是可以被宽恕的。拉蒙神父说这次不是亵渎神明。现在，注意了，我有话要说。”

这些狗坐在各自的位置上，认真地看着他。亚历克·汤普逊摇着尾巴，直到海盗看向它。“这里不是可以摇尾巴的地方，”他说，“圣方济各不会介意的，但是我不喜欢你在听这些的时候摇着尾巴。现在，我要给你们讲讲圣方济各的事了。”

那天，他的记忆超常发挥。阳光透过树叶间隙，在松针地毯上洒下闪亮的图案。这些狗耐心地坐着，眼睛盯着海盗的嘴巴。他把神父讲过的话从头到尾重复了一遍，包括所有的故事，所有的评论，几乎一字不漏。

讲完后，他郑重其事地看着他的狗。“这些都是圣弗朗西斯科做的事，”他说。

松树停止了窃窃私语。树林里一片寂静，仿佛被施了魔法似的。

突然，海盗身后传来一个轻微的声音。所有的狗都抬头张望。海盗不敢回头。就这样过了很长一段时间。

然后这一刻就结束了。这些狗垂下了眼睛。树梢又活了过来，重新摇曳。阳光斑驳的图案变幻着，令人眼花缭乱。

海盗高兴得心跳加速。“你们看见他了吗？”他大声喊道，“是圣方济各吗？哦！你们一定都是善良的狗，才能看到圣徒显灵的。”

听完他的话，这些狗跳了起来，它们开心地张着嘴巴，欢快地摇着尾巴。

第十三章

丹尼的朋友们全力帮助一位穷困潦倒的太太

特雷西纳·科尔特斯太太和她的八个孩子以及她的老母亲住在一间舒适的小屋里，小屋坐落在薄饼坪南部边界的深谷边缘。特雷西纳是个身材不错的成熟女人，年近三十。她的老母亲，干瘦如柴，牙齿都掉光了，是上一代的未亡人，已经差不多五十岁了，很久没有人记得她叫安杰莉卡了。

老妇人一周工作都安排得满满当当的，因为她需要负责其中七个孩子的饮食、惩戒、抚慰、穿衣和睡觉。特雷西纳忙于照顾第八个孩子，并为即将出生的第九个孩子做着准备。

但是到了星期天，老妇人就会穿着一身比她年纪还要大的黑色绸缎衣服，戴上一顶简陋而耐用的黑草帽，上面镶嵌着两颗逼真的珐琅石膏工艺制成的樱桃。这天她会抛开所有工作，雷打不动地去教堂，像壁龛中放置的圣人一样，一动不动地坐着。每个月一次，她都会在下午去忏悔。如果知道她忏悔了什么罪过，以及她哪里来的时间去犯下这些罪过，那肯定是一件很有趣的事情，因为特雷西纳家里的孩子，有刚会爬的，有到处乱爬的，有蹒跚学步的，有大声吵闹的，有虐待小猫的，有从树上掉下来的，而且每个孩子每两小时都得大吃一顿。

难怪老妇人意志坚强，待人冷漠。换成其他人早就气得大喊大叫，暴跳如雷了。

特雷西纳是个头脑有些迷糊的女人。她的身体就像是个用来生孩子的完美的蒸馏瓶。生第一个孩子的时候，她才十四岁，这对她来说是个很大的打击，以至于晚上在棒球场生下孩子，用报纸把孩子包好放在原处，留给守夜人去发现。这是一个秘密。如果这件事现在被人发现，还是会给她带来麻烦的。

十六岁时，她嫁给阿尔弗雷德·科尔特斯先生，并随夫姓，生了两个孩子，阿尔弗雷多和埃尔尼。阿尔弗雷德先生很高兴让她随了自己的姓氏，反正他也只是临时用这个姓。来到蒙特雷之前和离开之后，他都姓古利莫。埃尔尼出生之后他就离开了。也许他预见到娶了特雷西纳之后不会过上平静的生活。

特雷西纳生孩子的规律总是令她自己都感到惊讶。有时，她竟记不起即将出生的孩子的父亲是谁。有时，她几乎相信自己没有情人也能怀上孩子。甚至她作为白喉携带者被隔离的时候，居然也怀孕了。然而，问题变得太复杂而令她百思不得其解时，她通常会把这个问题交给圣母，因为她认为圣母比她更了解、更感兴趣并且有更多的时间来处理这些事情。

特雷西纳经常去忏悔。她是令拉蒙神父绝望的人。的确，他看到过，她的双膝、双手和嘴唇在为过去的过错赎罪忏悔时，她那双羞怯而挑逗的眼睛在纤长的睫毛下闪闪发光，这可能会诱发新的过失。

讲到这里，特雷西纳的第九个孩子出生了，而她此时尚无婚约。而老妇人又多了一件要操心的事。阿尔弗雷多已经第三次上一年级了，埃尔尼是第二次上一年级，而潘奇托是第一次上学。

在这个时候，加利福尼亚盛行让校医院里的护士到每个班级去，询问孩子们家庭生活的细节。一年级的学生中，阿尔弗雷多被叫到了校长办公室，因为大家都认为他太瘦了。

来访的护士受过儿童心理学方面的训练，她和蔼地问道："弗雷多，你吃得饱吗？"

"那当然啦，"阿尔弗雷多说。

"好的，你早餐吃了什么。"

"玉米饼和豆子，"阿尔弗雷多说。

护士忧郁地朝着校长点了点头。"那你中午在家吃什么呀？"

"我中午不回家呀。"

"你中午不吃东西吗？"

“当然吃啦。我带了一个玉米饼，里面包着豆子。”

护士非常震惊，但她控制住了自己。“晚上你又吃什么呢？”

“玉米饼和豆子。”

她把曾经受到过的心理训练完全抛在脑后。“你的意思，你别的什么都不吃，就只吃玉米饼和豆子吗？”

阿尔弗雷多大吃一惊。“主啊，”他说，“你还想让我吃什么呢？”

护士及时向校医汇报了这个耸人听闻的信息。一天，校医驱车到特雷西纳家去调查这件事。他刚走进院子里，就听见地上趴着的、地上爬着的和蹒跚学步的孩子们都在发出尖叫声，奏出了一场可怕的交响乐。医生站在敞开的厨房门口。他看到老妇人走到火炉旁边，把一个大勺子放到锅里，舀出来一勺煮熟的豆子撒在地板上。尖叫声立刻停止了。孩子们开始安静地捡豆子吃，捡到一颗吃一颗。老妇人回到她的椅子上得到片刻的安宁。床下、椅子下，炉子下，孩子们像小虫子一样专心致志地找豆子吃。这些激起了医生的科学兴趣，他在那儿待了两个小时，然后摇着头离开了。

他在作报告时，难以置信地摇着头。“我给他们做了我知道的所有测试，”他说，“牙齿、皮肤、血液、骨骼、眼睛、协调性。先生们，他们靠着一种慢性毒药生存啊，而且他们从出生开始就这么吃东西。先生们，我告诉你们，我这辈子从没见过这么健康的孩子！”他忍不住感叹道。“真是群小怪物，”他叫道，“我从来没有见过那么好的牙齿。我这辈子都没见过那样的牙齿！”

人们很想知道，特雷西纳是如何为她的家人弄到食物的。当脱壳机经过时，你会发现，在他们停过的地方，有成堆的豆壳。如果你提前在地上铺开一块毯子，在有风的下午，把毯子上的豆壳上抛到空中，你就会发现脱壳机不是绝对可靠的。忙一个下午，你就能收集到二十多磅的豆子。

到了秋天，老妇人就会和那些会走路的孩子去田野里筛豆壳。土地的主人并不介意，因为她又不会造成什么伤害。要是老妇人没能收到三四百磅豆子，那这一年的收成就算很不好了。

要是家里有四百磅的豆子，就不用担心饥饿了。其他的美味，比如糖、西红柿、辣椒、咖啡、鱼和肉，有时可能得到圣母玛利亚的恩赐会奇迹般出现，有时可以通过勤劳和智慧来获得。只要豆子在那里，就不用担心了。豆子犹如遮蔽的屋顶，可以保障填饱肚子。

只有一件事能威胁到特雷西纳·科尔斯特太太一家人的生命和幸福，那就是豆子欠收。

豆子成熟后，就会被拔出来，收集成堆，等晒干后用脱壳机进行脱壳。那时就祈祷不要下雨。成堆的豆子排成一行，黑黝黝的田野的映衬下是一片金灿灿的黄色，这时你会看到农民们望着天空，对着飘过来的每一片乌云都愁眉苦脸。如果下雨，整堆豆子就必须翻过来重新晾干。晒干前再次下雨的话，就必须再翻一次。如果连着下三场雨，豆子就会开始发霉腐烂，这年的收成就完了。

晒豆子的时候，老妇人都会为圣母点上一支蜡烛。

话说这一年，豆子都已经堆了起来，蜡烛也已经点燃。特雷西纳的家里，粗麻袋也已经准备好了。

脱壳机上了油并清洗干净了。

一场大雨突然降临。

临时雇佣的帮手都冲进田地里，把湿透的豆子堆翻过来。老妇人又点了一支蜡烛。

又下了一场大雨。

然后老妇人就用她存了很多年的一小块金币买了两支蜡烛。地里的农民们又把豆子翻了一遍，想让太阳把它们晒干。之后，又来了一场冰冷的瓢泼大雨。整个蒙特雷的豆子颗粒无收。那些雨水浸透的豆子都被耕犁翻到了地里。

唉，不幸降临到特雷西纳·科尔斯特太太家里。生存的支柱断了，小屋顶般的生存保障也没了。豆子，原本永远不会消失的东西，消失了。夜里，孩子们饿了，惊恐地哭喊着。没有人告诉他们真相，但他们感觉到了。老妇人就像往常一样坐在教堂里，但她以鄙视的眼光望着圣母像。“你骗走了我的蜡烛，”她心里想，“是的，没错。你对蜡烛太贪心了。哼，太自私了。”接着她闷闷不乐地将自己的忠诚转向圣克拉拉，向圣克拉拉诉说已经发生的这件不公平的事。她任由自己对圣母的诞生时间产生了一点儿恶意的念头。“您知道吗，有时特雷西纳也一样记性不好，”她恶狠狠地对圣克拉拉说。

之前说过耶稣·玛利亚·科科伦是个很有爱心的人。他还拥有人道主义者所拥有的天赋，总会出现在需要他善良本能的地方。不知道有多少次，当年轻姑娘们需要安慰的时候，他都会出现在她们身边。他总会身不由己地去接近痛苦或悲伤的人。他已经好几个月没去过特雷西纳家了。要是在痛苦和人道主义之间没有某种神秘的吸引力，怎么会这么巧，在这家人把去年的最后一点儿豆子放进锅里的那天，他去拜访他们呢？

他坐在特雷西纳的厨房里，轻轻地拨开腿上的孩子们，礼貌且同情地看着特雷西纳，听她讲述着这场灾难。他入神地看着她把最后一个装豆子的袋子翻了过来，给他看已经一颗豆子都没有了。她说孩子们很快就会变得骨瘦如柴，很快就会饿死，他同情地点了点头。

然后老妇人伤心地讲述了她是如何被圣母欺骗的。但在这一点上，耶稣·玛利亚并不同情她。

“你知道什么啊，老人家？”他严厉地说，“也许圣母玛利亚那会儿正在别的地方忙着呢。”

“但是我点了四根蜡烛呀，”老妇人尖声地强调道。

耶稣·玛利亚冷冷地看着她。“四支蜡烛对她来说算什么？”他说。“我见过在一个教堂里，她的面前有几百根蜡烛呢。她压根不稀罕蜡烛。”

但耶稣·玛利亚满脑子想的都是特雷西纳的困难。那天晚上，在丹尼家里，他满怀同情地跟朋友们说了很多。他凭着一颗伟大的心灵，做了一次动人的演说，他为那些没有豆子吃的孩子们发出了恳切的请求。他的演讲生动有力，他心中的火焰也点燃了朋友们的心。他们跳了起来，眼睛里闪闪发光。

“不能让孩子们挨饿，”他们喊道，“我们得管这件事！”

“我们过得太奢侈了，”皮隆说。

“我们要把我们自己的东西分给他们一些，”丹尼赞同地说，“如果他们需要房子的话，可以来这里住。”

“我们明天就开始吧，”巴勃罗喊道，“不能再懒惰了！去干活！还有很多事情要做！”

耶稣·玛利亚体会到了一种满足感——一个有追随者的领袖的满足感。

他们的这些话并不是空谈。他们弄到了一些鱼。他们还扫荡了德蒙特旅馆的菜地。这是一次很光荣的行动。偷窃已经不是可耻的行为，他们犯罪是为了帮助别人——还有什么比这更令人满意呢？

海盗把柴火的价格涨到三十美分，并且每天早上多去三家新餐馆。大乔一次次去偷帕洛齐科太太的山羊，但是山羊每次都自己回家了。

现在特雷西纳家的食物开始多了起来。门廊上放着成箱的莴苣，变质的马鲛鱼弥漫着一股浓烈的臭味，邻居们都能闻到。但朋友们心中那慈善的火焰还在熊熊燃烧着。

如果你能看到蒙雷利警局的投诉书，你会发现在这段时间里蒙特雷掀起了一股小偷小摸的犯罪浪潮。警车从一个地方赶到另一个地方。这里有只鸡丢了，那里有一片地的南瓜不见了。帕拉迪尼公司报警称丢了两箱一百磅的鲍鱼肉。

特雷西纳的房子里越来越拥挤。厨房里堆满了食物。后门廊上堆满了蔬菜。整个薄饼坪都弥漫着食品加工厂的气味。朋友们马不停蹄地到处偷东西，他们和特雷西纳聊了很久，做了长久的计划。

一开始，特雷西纳为拥有这么多的食物而欣喜若狂，恭维的话更是让她神魂颠倒。这样过了一个星期后，她就不是那么自信了。小婴儿得了肠绞痛。埃尔尼肠胃有点问题，阿尔弗雷多的脸烧红了。孩子们一直哭个不停。必须得让朋友们知道这些事，但特雷西纳羞于开口。过了好几天她才鼓起勇气，期间他们又送来了五十磅的芹菜和一篮甜瓜。最后她不得不告诉他们了。邻居们都开始挑起眉毛看她了。

她把丹尼的所有朋友都请到她的厨房里，然后小心谨慎地告诉他们这些麻烦事，以免伤害他们的感情。

“绿色蔬菜和水果对孩子们的健康不太好，”她解释说。“小婴儿断奶后，喝牛奶会便秘。”她指了指那几个满脸烧得通红、暴躁不安的孩子。看，他们都病了。他们没有吃到合适的食物。

“什么是合适的食物？”皮隆问道。

“豆子”，她说。“那东西可以相信，它们不会很快就排出去。”

朋友们默默地走开了。他们假装灰心丧气，但他们知道，他们最初的热情之火已经消失好多天了。

在丹尼家里，他们开了个会。

会议内容不方便在某些圈子里讲，否则后果会很严重。

午夜后，四个身份不明的黑影穿过城镇。四个模糊的人影爬上西部仓贮公司的平台。后来，看守的人说，他听见了声音，也巡查了一下，但什么也没看见。他说不出这件事到底是怎么发生的，门锁是怎样弄坏的，门又是怎么弄开的。只有那四个人知道，守夜人其实睡得很熟，但他们永远不会告发他。

过了一会儿，这四个黑影离开了仓库，背上的重物压弯了他们的腰，阴影中传来沉重的喘息声。

凌晨三点，特雷西纳让开后门的声音吵醒了。“谁啊？”她喊道。

没有人回答，但她听到了四声巨响，房子都震动了。她点了一支蜡烛，光着脚就走进厨房。厨房墙边放着四袋重达一百磅的红豆。

特雷西纳冲进房间里，喊醒了老妇人。“奇迹发生了！”她喊道。“快到厨房看看。”

老妇人羞愧地看着那些圆鼓鼓的麻袋。“啊，我真是个可恶而又肮脏的罪人啊，”她呜咽道。“哦，圣母啊，可怜可怜我这个老傻瓜吧。只要我活着，每个月我都为您献上一支蜡烛。”

在丹尼的家里，四个朋友幸福地躺在他们的毯子里。什么样的枕头能像一颗善心那样让人睡得踏实呢？他们一直睡到了下午，因为任务已经完成了。

特雷西纳凭着自己绝对可靠的经验发现，自己又要生孩子了。她把一夸脱的新豆子倒进锅里，漫不经心地想着，不知道丹尼的哪个朋友要对这件事负责。

第十四章

丹尼家的美好生活和朋友们的家长里短

薄饼坪的派萨诺人都不用手表。偶尔会有朋友以非常手段获得一块手表，但也不会保留太久，只要能用来交换真正想要的东西，就会去交换。丹尼他们喜欢手表，但也只是为了交换东西。要考虑实际用途的话，太阳就是块巨大的金表，比手表要好用得多，也更安全，因为绝对没有办法把太阳送到托雷利酒馆去。

在夏天，当钟表的指针指向七点的时候，那便是起床的好时辰，但在冬天，同样的时间就毫无意义。还是用太阳好！当太阳越过了松树林的上方，照到前门门廊上的时候，不管是夏天还是冬天，在那个时间起床就是最合适的。在那个时候，人们的手不会冻得颤抖，人们的肚子也不会饿得咕咕叫。

海盗和他的狗睡在起居室安全而温暖的角落里。皮隆、巴勃罗、耶稣·玛利亚、丹尼和大乔·波特吉睡在卧室。尽管丹尼心地善良、慷慨大方，但他不允许其他人睡他的床。大乔试过两次，结果脚底板狠狠地挨了一棍子。

这样以来，连他也知道丹尼的床是不可侵犯的。

朋友们都睡在地板上，他们的被褥也与众不同。巴勃罗把三张羊皮缝在一起。耶稣·玛利亚睡觉的时候把两只胳膊伸进一件旧大衣的两个袖子里，把两条腿伸进另一件旧大衣的两个袖子里。皮隆把自己裹在一条大毯子里。大部分时间，大乔像狗一样地蜷缩着，穿着衣服睡觉。大乔没办法长时间地拥有任何东西，他练就一身本事总能把经手的东西换点葡萄酒喝。他们就是这样睡觉的，有的时候会比较吵闹，但总是很舒服。一个寒冷的夜晚，大乔想借一只狗来暖暖脚，结果让海盗的狗给咬伤了，因为他的狗是不能借的。

窗户上没有窗帘，但慷慨的大自然会用蜘蛛网、灰尘或雨滴的痕迹把玻璃遮挡住。

“用肥皂水把窗户弄干净应该会很不错吧，”丹尼有一次说。

皮隆敏锐的头脑飞速思考着这个问题，这对他来说太容易了。这并不需要他消耗掉多少的脑力。“那样会有更多的光照进来，”他说。“如果屋里亮的话，我们就不会花那么多的时间待在室外了。到了晚上，屋子里的空气就会变得不健康，而我们那时又不需要亮光。”

丹尼只是稍微地提了一下自己的想法，就遭到了直接的严厉驳斥。要是继续坚持的话，可能又会遭多么强烈的反驳呢？为此，丹尼只好放弃了自己的想法。窗户还是维持原样。随着时间的推移，一只只苍蝇用血肉喂养了蜘蛛家族，在布满玻璃的蜘蛛网上留下了干瘪的躯壳，随着灰尘的堆积，卧室里也越来越昏暗，但却令人心情愉快，因为即使正午时分，昏暗的光线也能使大家睡得着。

朋友们都睡得很安稳。清晨，阳光照射在窗户上，无法完全透进来，窗户上的灰尘变成了银色，红头苍蝇身上映出了彩虹色。这个时候，朋友们醒了过来，伸伸懒腰，接着四处寻找自己的鞋子。他们知道，阳光照在窗户上时，前门廊已经很暖和了。

他们不会很快就醒来，不会四处乱逛，也不会用突然的动作来破坏身体的平衡。不，他们缓慢地从沉睡中醒来，就像肥皂泡从管子里飘出来一样。他们拖着脚步走下山谷，仍然半睡半醒。渐渐地，他们的意志开始凝聚。他们生火、煮茶，用水果罐头瓶喝了起来。最后，坐在前门廊晒太阳，头顶上闪闪发光的苍蝇形成了一个光环。这就是他们生活样子，昨天和明天也是这样。

他们没有马上开始聊天，每个人都很珍惜自己残存的那一点儿睡意。从这时一直到午后，兄弟般的友谊得以持续营造。然后就是掀翻他人家的屋顶，窥探各家屋里的私事，打探别人的动机，叙说冒险经历。通常，他们首先想到的就是科妮莉亚·鲁伊斯，因为科妮莉亚很少哪天不会遇到离奇而惊险的趣事。要是无法从中吸取点什么教训，那就太不寻常了。

阳光在松针上闪闪发光，泥土散发出干燥而清新的味道，卡斯蒂玫瑰花香弥漫。这是丹尼和朋友们最舒服的时光之一，这是他们远离生存的压力，坐在那儿对他们的同伴评头论足，不是为了道德的是非对错，而是为了找乐子。所有人都把有趣的事留到这个时候再讲。几只棕色的大蝴蝶飞过来，停在玫瑰花上，慢慢地挥动着翅膀，仿佛要用翅膀的力量把花蜜吸出来。

“我看见阿尔贝特·拉斯穆森了，”丹尼说，“他从科妮莉亚家出来。科妮莉亚真难啊，每天都有麻烦事。”

“这就是她的生活方式，”巴勃罗说，“我不是一个落井下石的人，但有的时候我觉得科妮莉亚有点儿太活泼了。科妮莉亚的生活里只有两件事：恋爱和吵架。”

“那，”皮隆说，“你想要她怎么着？”

“她从来没有过一刻的安宁，”耶稣·玛利亚悲伤地说。

“她也不想安宁，”皮隆说，“让科妮莉亚过安宁的生活，她会死的。恋爱和吵架，你说得太对了，巴勃罗。恋爱和吵架，再来一点儿酒。然后你就能永远年轻，永远快乐。科妮莉亚昨天发生什么事了？”

丹尼得意洋洋地看着皮隆。居然还有皮隆不知道的事，这太不寻常了。从皮隆脸上失落和不满可以看出来，他是真的不知道这件事。

“你们也都了解科妮莉亚。”丹尼开始说道。“有时候男人们会给科妮莉亚送点儿礼物，比如一只鸡、一只兔子或者是一棵卷心菜。科妮莉亚喜欢这些小东西。但是，昨天埃米利奥·穆瑞塔带了一头小猪送给科妮莉亚，也就这么长，一只很可爱的粉色小猪。埃米利奥在山谷里发现了那头小猪。他抓起小猪的时候，母猪就追着他跑，但他跑得很快，后来他就带着那只小猪去科妮莉亚家了。

“这个埃米利奥很会说话。他对科妮莉亚说：‘没有什么比养一头猪更好的了。它什么都吃，是一只很好的宠物。你会爱上这只小猪的。等猪长大了，它的性情就会变，变得好斗而且坏脾气，这样你就不会再爱它。有一天，它咬了你，你很生气，你就把它杀了吃掉。’”

朋友们严肃地点点头，皮隆说：“从某种程度上看，这个埃米利奥不是个笨蛋。看看他用他的这头猪说了多少事啊——喜欢、爱、报复、食物。我得找个时间和埃米利奥聊一聊。”但朋友们都看得出，皮隆是在嫉妒这个在逻辑方面的对手。

“接着说这头猪，”巴勃罗说。

“嗯，”丹尼说，“科妮莉亚接受了那只小猪，她对埃米利奥很好。她说等到她生那头猪的气的时候，埃米利奥可以一起来吃猪肉。然后埃米利奥就走了。科妮莉亚在火炉旁做了个小盒子给那头猪睡觉用。”

“后来几位女士去看她，科妮莉亚就让她们抱着那头小猪玩。没一会，甜心拉米雷兹踩到了小猪的尾巴。哎呀！它发出汽笛一样的叫声。前门开着，那只大母猪跑进来救它的小猪。所有的桌子和盘子打碎了，所有的椅子都给撞坏了。那只大母猪还咬了一口甜心拉米雷兹，又扯坏了科妮莉亚的裙子。那些女士们躲到厨房里，锁上门。大母猪离开了，那只小猪也跑了。现在科妮莉亚大发雷霆，说要揍埃米利奥一顿。”

“就是这样啊，”巴勃罗说，“生活就是这样，绝不会按照你计划的进行。大个子鲍伯·斯莫克自杀的时候也是这样。”朋友们都朝巴勃罗转过头，津津有味地看着他。

“你们知道鲍伯·斯莫克的，”巴勃罗开始说，“他看起来像个墨西哥牛仔，腿很长，人很瘦，但是骑术并不好。在竞技比赛上，他经常摔倒在地。鲍伯渴望受人敬仰。有人游行时，他喜欢去举旗。有人打架时，他喜欢去当裁判。有演出时，他总是第一个喊：‘前面的人坐下！’是的，他这个人就是想成为英雄，想让人们都看到他、敬仰他。也许你们不知道，他还希望有人爱他。

“这个可怜的人，他生来就是让人嘲笑的。有些人同情他，但大多数人只是嘲笑他。那些笑声把大个子鲍伯·斯莫克的心都给伤透了。

“可能你们还记得那次游行，鲍伯举着大旗。他身体笔直地骑在一匹大白马上。刚走到裁判坐着的地方的前面，那匹大笨马热得晕倒了。鲍伯从马头的上方摔了下来，旗子像长矛一样在空中飞过，倒插在地上。

“他的经历就是这样。每当他试图成为英雄时，意外就会发生，然后所有人都嘲笑他。你们还记得他在流浪动物收养所工作时候吧，他花了一整个下午想套住一条狗。城里的人都跑来看热闹。他把绳子扔出去，那条狗就蹲下来，绳子就滑了下来，狗就跑掉了。唉，人们都在那儿笑。鲍伯感到羞愧极了，他心想：‘我要是自杀，人们就会伤心。他们就会后悔自己曾经嘲笑过我。’然后他想：‘可我如果死了，就不知道他们会有多难过了。’于是他制定了这样一个计划：‘等到有人走进我的房间再动手。我会拿枪指着自己的头。然后那个人就会劝我。他会让我保证不开枪自杀。这样人们就会后悔，觉得是他们逼我自杀的。’这就是他的想法。

“于是他朝着他的小屋走去，每一个经过他身边的人都对他喊道：‘鲍伯，你抓住那条狗了吗？’他回到家的时候非常伤心。他拿出手枪，装上子弹，然后坐下等着人进来。

他计划好了该怎么做，并拿着手枪进行了演习。朋友会说：‘哎，你在干什么？别朝着自己开枪，可怜的家伙。’然后鲍伯就会说他不想再活下去了，因为每个人都太刻薄了。

“他把整个过程在脑海中过了一遍又一遍，可是没有人来。第二天他继续等着，还是没有人来。但是当天晚上查理·米勒来了。鲍伯听到他走到了门廊上，就把手枪指向了自己的脑袋。他还打开了保险，这样看起来能更真实一些。‘现在他要来劝我了，我要让他说服我，”鲍伯心里想。

“查理·米勒打开门，看见鲍伯用手枪指着脑袋。但他没有叫。没有，查理·米勒直接跳起来抢了那把枪，但那把枪走火了，打掉了鲍伯的鼻尖。这一下人们笑得更厉害了。报纸上都有关于这件事的报道。全城的人都在嘲笑他。

“你们都见过鲍伯的鼻子吧，鼻头给打掉了。人们都在嘲笑他，但这种嘲笑很残忍，笑完以后感觉很不好意思。从那以后每次游行他们都让大个子鲍伯扛着大旗。市里还给他买了一个捉狗的网。

“但是他现在不快乐，鼻子都变成那样了。”巴勃罗沉默着，从门廊上拿起一根小棍，轻轻地抽打着自己的腿。

“我记得他鼻子的模样。”丹尼说，“鲍伯不是坏人。海盗回来后，会告诉你们的。有时候海盗把他的那些狗都放在鲍伯的拖车上，人们就认为都是鲍伯抓住的，他们就会说，‘这一行挺适合你啊。’把抓狗当成一种职业可不是件容易的事。”

耶稣·玛利亚把头靠在墙上，沉思着。他说：“让人嘲笑比挨鞭子还难受。老托马斯，那个收破烂的家伙，就一直让人嘲笑到进了坟墓。后来人们很后悔嘲笑他。

“还有，”耶稣·玛利亚接着说，“还有另一种笑。大个子鲍伯的故事很有趣。但你张嘴大笑时，会感觉有只手攥住了你的心脏。我知道老拉瓦诺先生的故事，他去年上吊自杀了。也是有一个挺有趣的故事，但是笑起来却让人感觉并不愉快。”

“我听人提过，”皮隆说，“但是我不了解具体情况。”

“好吧，”耶稣·玛利亚说，“我来给你们讲讲这个故事，看看你们能不能笑得出来。当我还是个小男孩的时候，我和珀泰·拉瓦诺在一起玩。珀泰那个时候还是一个很机灵的小男孩，但总是惹麻烦。他有两个兄弟和四个姐妹，还有他的爸爸，老彼得。这一家人现在都不在这儿了。兄弟两个，一个兄弟在圣昆丁监狱，另一个让一个日本园丁给杀了，因为他偷了人家一车西瓜。至于那几个姑娘，哎，你们也知道姑娘们都是什么样，她们都走了。如今苏茜在萨利纳斯老珍妮的家里。

“这样就只剩下珀泰和他爸爸了。珀泰长大了，他总是惹麻烦。去了一段时间的管教所，然后又回来了。每个星期六他都会喝醉，每次都要进监狱，直到星期一才放出来。他爸爸是一个很友善的人，每周都和珀泰一起喝醉。他们几乎每次都一起被关进监狱。珀泰不在他身边的时候，老拉瓦诺就会很孤独。他喜欢珀泰那个孩子。无论珀泰做什么，那个老人也跟着做什么，即便他已经有六十岁了。

“你们还记得那个格雷西·蒙特斯吧？”耶稣·玛利亚问道，“这个姑娘不怎么样。在她只有十二岁的时候，有船队来到蒙特雷，格雷西就生下了她的第一个孩子，当时她还那么小。你看，她长得漂亮，人也聪明，而且口齿伶俐。她似乎总是在逃避男人，而男人却在她后面使劲地追。有时候他们能抓住她，但很难靠近她的心。格雷西似乎总有一些好东西就是不肯给你，她的眼睛里也好像在说：‘如果我真的愿意给你的话，也会跟你认识的其他女人不一样。’”

“我知道，”耶稣·玛利亚说，“因为我也追过格雷西。珀泰后来也追过她。不过只有珀泰不太一样。”耶稣·玛利亚犀利地看着朋友们的眼睛，来强调他自己的看法。

“珀泰太想格雷西，以至于自己越来越瘦，眼睛就像吸毒者，睁得大大的，十分痛苦。珀泰吃不下饭，病倒了。老拉瓦诺去找格雷西，想和她谈谈。他说：‘如果你对珀泰不好，他会死的。’但她只是笑了笑。她不是一个非常善良的人。后来，她的妹妹托尼亚走进房间。托尼亚十四岁。老人看着他呆住了。托尼亚和格雷西很像，她也总躲着男人。老拉瓦诺有点控制不住了。他说：‘过来，小姑娘。’但是托尼亚不是小姑娘了。她心里什么都明白。所以她笑了笑，跑出了房间。

“然后老拉瓦诺就回家了。珀泰说：‘发生什么事了，爸爸。’”

“‘没什么，珀泰，’老人说，‘我只是担心你得不到格雷西，你还是清醒起来吧。”

“太冲动了，拉瓦诺家的人都太容易激动了！”

“你们猜后来怎么了？”耶稣·玛利亚继续说，“珀泰去给金记酒家切鱿鱼挣钱，给格雷西送了很多礼物，大瓶的佛罗里达香水、丝带和吊袜带。他花钱请人给她拍了照片，还给照片上了颜色。

“格雷西拿着所有的礼物，就笑着跑开了。你们真该听听她是怎么笑的。她笑得让你想要掐死她，但同时又想要抚摸她，让你想把她剖开，取出里面的东西看看。我知道那是种什么感觉。我追过她，珀泰也跟我说过。但是珀泰因为这件事发疯了。他再也睡不着觉了。他对我说：‘如果那个格雷西愿意在教堂里和我结婚，那她就再也不敢逃跑了，因为她已经结婚了，再逃跑就是一种罪过。’于是他就向她求婚了。她笑得很大声，那声音让你想要掐死她。

“唉！珀泰疯了。他回到家，把一根绳子挂在房梁上，踩着箱子，把绳子套在了脖子上，然后一脚把箱子踢开。还好，珀泰的父亲碰巧进来，割断了绳子，请来了医生。可是，过了两个小时，珀泰才睁开眼睛，四天以后，他才能够开口说话。”

耶稣·玛丽亚停了一下。他得意地看到朋友们都对这个故事感兴趣。“事情就是这样，”他说。

“可是格雷西·蒙特斯还是嫁给了珀泰·拉瓦诺呀，”皮隆兴奋地喊道，“我认识她呀。她是个好女人。她从不会错过做弥撒，每个月都会去忏悔。”

“她现在是这个样子，”耶稣·玛利亚表示同意，“当初拉瓦诺老头可是很生气啊。他跑到格雷西家，大喊

道：‘你的愚蠢要把我的孩子害死了。他为了你自杀，你这只龌龊的母鸡。’

“格雷西很害怕，但她也很高兴，因为能让一个男人做到这一步的女人不多。她去看珀泰时，珀泰正歪着脖子躺在床上。过了没多久，他们就结婚了。

“结果也像珀泰想的那样。当教会告诉她要做个好妻子时，她就做了个好妻子。她不再冲着男人笑了。她也不跑着让那些男人追了。珀泰继续切鱿鱼，没过多久金记酒家就让他去清理鱿鱼箱了。又过了不久，他就成了鱿鱼加工场的领班了。你们看看，”耶稣·玛利亚说，“这个故事挺不错吧。如果故事到此为止的话，那就可以让神父用作宣讲了。”

“哦，是的。”皮隆严肃地说，“我们能从这个故事里学到很多东西。”

朋友们赞同地点点头，因为他们喜欢有意义的故事。

“我认识一个德克萨斯州的女孩，也是这个样，”丹尼说，“只是她没有改变。他们称她为二排的老婆，直接叫她‘二排太太’。”

巴勃罗举起了手。“这个故事还没讲完呢，”他说，“让耶稣·玛利亚把剩下的都讲完。”

“是的，还有呢。后面的结局就不怎么好了。那时老头，六十多岁了。珀泰和格雷西婚后住在另一幢房子里。老拉瓦诺很孤独，他以前一直和珀泰住在一起。他不知道该怎样打发时间。他只是坐着，看起来很悲伤的样子，直到有一天他又看到了托尼亚。托尼亚已经十五岁了，甚至比格雷西还要漂亮。普雷希迪奥一半的士兵都像小狗一样围着她转。

“当初发生在珀泰身上的事情，现在老爷子也要经历一番。欲望让他浑身疼痛，吃不下饭，睡不着觉。他的脸颊凹了下去，眼睛瞪得像吸了毒的人。他带着糖果去送给托尼亚，托尼亚从他手里抢过糖果，然后朝着他哈哈大笑。他说：‘到我这里来，亲爱的小宝贝，我是你的朋友呀。’她听完又笑了。

“然后那位老爷子把这件事告诉了珀泰。珀泰也笑了。‘你这个老傻瓜，’珀泰说。‘你这辈子的女人够多了，不要去追小女孩。’但这些话没有用。老拉瓦诺因为单相思都生病了。拉瓦诺家的人性子都太容易激动了。他躲在草丛里，看着她走过。他的心在隐隐作痛。

“他需要钱买礼物，所以他在美孚加油站找到了一份工作。他在车站用耙子清理碎石，给花浇水，给车上的冷却器里加水，清洗挡风玻璃。他把挣得所有的钱都给托尼亚买了礼物，糖果、丝带和衣服等等。他还花钱给她拍了一张彩色照片。

“她只是笑得更厉害了，老爷子几乎要发疯了。所以他想：‘如果在教堂结婚让格雷西变成了一个好女人，那也会使托尼亚成为一个好女人。’于是他就求婚了。然后她笑得比以往任何时候都更厉害了。她撩起裙子来让他着急。唉，那个托尼亚真是个魔鬼啊。”

“老爷子是个傻瓜。”皮隆自鸣得意地说道。“人老了就不应该去追小女孩。他们就应该坐在阳光下晒太阳。”

耶稣·玛利亚不耐烦地继续说下去。“拉瓦诺家的人就是不一样，”他说，“他们太易激动了。”

“唉，这可不是件体面的事情。”皮隆说。“这对珀泰来说是耻辱吧。”

巴勃罗转头对他说。“让耶稣·玛利亚继续讲。这是他的故事，不是你的故事，皮隆。找个时间我们再听你讲的。”

耶稣·玛利亚感激地看着巴勃罗。“我继续讲了。

“老爷子再也受不了了。但他不是个有创新性的人。他不像皮隆。他压根想不出什么新办法来。拉瓦诺老爷子是这样想的：‘格雷西嫁给珀泰是因为他上吊自杀了。我也上吊自杀，也许托尼亚就会嫁给我了。’然后他想：‘如果没有人能很快发现我，我就会死的。必须得有人能找到我才行。’

“你们知道吧，”耶稣·玛利亚说，“那个加油站有一个工具房。每天一大早，在加油站开门之前，老爷子就会去打开工具房门，耙碎石子，给花浇水。其他人八点钟来上班。于是，一天早上，老爷子走进工具房，挂上了一根绳子，然后他就一直等到八点，看见有人来了，他把绳子套在了脖子上，然后一脚蹬离了工作台。但就在他做这些的时候，工具房的门被风给关了。”

朋友们脸上绽开灿烂的笑容。他们心想：有时候，生活真是非常非常幽默。

“其他人并没有马上就想到他。”耶稣·玛利亚又说，“他们说：‘那个老家伙可能喝醉了。’过了一个小时，才有人去打开工具房的门。”他看了看周围的朋友们。

朋友们的脸上还挂着微笑，但都是变了味儿的笑容。“你们看，”耶稣·玛利亚说，“这事挺有趣，但它也会让你心里难受。”

“托尼亚说什么了吗？”皮隆问道，“她有没有吸取教训，改变了自己的生活？”

“没有。她一点儿也没有。珀泰告诉了她这件事，她还是哈哈大笑。珀泰也笑了。但他感到很羞愧。托尼亚说，‘他真是个老傻瓜。’然后，托尼亚用她惯有的眼神看着珀泰。

“然后珀泰就说：‘有你这样的妹妹真好。看看哪天晚上，我和你一起去树林里走走。’然后托尼亚又笑了起来，还跑开了一点。她说：‘你觉得我和格雷西一样漂亮吗？’于是，珀泰就跟着她进了屋子。”

皮隆抱怨说：“这不是一个好故事。它里面有太多的意义和教训了，有些教训还是矛盾的。没有一个故事可以深入脑海，证明不了什么。”

“我喜欢这个故事，”巴勃罗说，“我喜欢它，因为你看不出它有什么意义，但它似乎确实是有一些意义在里面，我说不出是什么。”已经过了中午，天气很热。

“我想知道海盗会带些什么吃的回来，”丹尼说。

“海湾里正好能捕捉马鲛鱼了，”巴勃罗说道。

皮隆的眼睛亮了起来。“我有一个成熟的计划，”他说，“当我还是个小孩的时候，我们家住在铁路旁边。每天火车经过时，我和我的兄弟就朝着火车头扔石头，司炉工就会向我们扔煤块。有的时候我们能捡到一大桶煤，然后把它拿回家给妈妈。我想我们也可以把石头搬到码头上去。当船靠近的时候，我们就骂人，朝他们扔石头。那些渔民会怎么反击我们呢？他们会扔桨和渔网吗？不会。他们只能扔马鲛鱼。”

丹尼高兴地站了起来。“计划太好了！”他喊道，“我们的小皮隆真是我们的好朋友啊！没有皮隆的话我们该怎么办呢？来吧，我知道哪里有一大堆石头。”

“我喜欢马鲛鱼胜过其他鱼！”巴勃罗说。

第十五章

丹尼郁郁寡欢、狂躁不安，恶棍托雷利袭击了他的房子

蒙特雷一切如故。几乎每天早晨，阳光都照在街道西边的窗户上。午后，则是照在街道东边的窗户上。每天，红色的公共汽车都叮当作响地往返于蒙特雷和帕西菲克格罗夫之间。每天罐头加工厂都散发出一股鱼的腥臭味。每天下午，从海湾吹来的风摇动着山上的松树。垂钓者握着鱼竿，坐在礁石上，脸上镌刻着耐心和玩世不恭的表情。

位于蒙特雷北边的薄饼坪，生活同样一成不变，也就科妮莉亚·鲁伊斯的情人队伍会慢慢地发生一些改变。大家都知道她跟很久以前的旧情人重新在一起了。

丹尼家里的变化就更少了。朋友们的生活已经形成了一种固定的模式，除了派萨诺人，任何人可能都会觉得单调乏味——早上起床，晒晒太阳，想想海盗会带什么回来。海盗仍然每天都去砍柴，然后拿到蒙特雷的街道上出售，现在他用每天挣来的二十五美分买食物。朋友们偶尔也会弄到一些酒，一起唱歌嬉闹。

海边的时间概念比其他地方更复杂一些，因为除了太阳的升降和季节的交替，还有海浪拍打礁石时的时间推移，而潮汐的起伏涨落像一个巨大的漏壶，也记录着时光的流逝。

丹尼开始感受到时间的冲击。他看着他的朋友们，发现和他们在一起的每一天都是一样的。当他夜里从床上爬起来，跨过那些熟睡中的派萨诺人时，他就对他们的存在感到愤怒。渐渐地，坐在前门廊晒太阳的时候，丹尼开始回想自己自由自在的时光。夏天，他睡在树林里。冬天冷的时候，他就睡在谷仓温暖的干草堆里。身上没有财产的负担。他记得丹尼这个的名字是风暴的名字。啊，还有那些打过的架！想当初胳膊下夹着一只愤怒的鸡在树林里穿梭逃跑！一个暴怒的丈夫叫嚣着要报仇，就躲到峡谷里！风暴和暴力，这甜蜜的暴力！一想起那逝去的时光，丹尼就能回味起偷来的食物是多么的美味，他渴望再次回到那些旧时光。自从继承了财产提高了自己的社会地位，他就不经常打架了。他还会喝醉，但不会再去胡作非为了。房子的重担总是压在他身上，他还要对朋友们负责。

丹尼坐在前门廊那里，变得郁郁寡欢，朋友们以为他生病了。

“喝了小薄荷沏的茶会好一些，”皮隆建议说，“如果你想睡觉的话，丹尼，我们可以在你的脚下放几块热石头。”

丹尼想要的不是悉心的照料，而是自由。一个月来，他闷闷不乐，盯着地面，愁眉苦脸地看着他那些无处不在的朋友们，踢开那些向他示好的狗。

最后，他向自己的渴望投降了。一天晚上他跑了出去，进了松树林，不见了。

第二天早上，朋友们醒来发现他不见了，皮隆说："大概是去找某个姑娘了吧。他恋爱了。"

他们便不再理会这件事，因为每个人都有爱的权利。朋友们一如既往地按自己的方式生活着。但一个星期过去了，丹尼还没有出现，他们开始担心起来，一起到树林里去找他。

"爱情是好事。"皮隆说，"我们不能责怪一个男人去追姑娘，但一个星期也太久了。能让丹尼离开一个星期，一定是个很可爱的女孩。"

巴勃罗说："一点儿爱就像是喝了一点儿酒。两者中任何一种过了量都会让人生病。也许丹尼已经病了。可能这个女孩太有活力了。"

耶稣·玛利亚也很担心。"这不像我们所认识的那个丹尼啊，他不会离开这么久。一定是发生了什么不好的事。"

海盗带着狗进了松树林。丹尼的朋友们对海盗的狗说，"去找丹尼吧，他可能生病了。那个让你们睡在他房子里的好人丹尼，可能已经死在某个地方了。"

海盗低声对他们说："唉，你们这群忘恩负义的坏狗，快去找我们的朋友。"但是这些狗高兴地摇着尾巴，发现了一只兔子，然后边跑边叫地去追赶兔子去了。

这几个派萨诺人在树林里找了一整天，喊着丹尼的名字，找遍了他们自己可能会去睡觉的地方，比如树根之间宽敞的洞穴，灌木丛环绕着的铺着厚厚松针的空地。他们找遍了所有可以睡觉的地方，但就是没有发现丹尼的踪影。

“也许他疯了。”皮隆猜测着，“一些隐秘的忧虑让他心智错乱了。”

晚上，他们回到丹尼的房子，打开门走了进去。他们马上紧张起来。有个小偷偷走了很多东西。丹尼的毯子不见了，所有的食物都被偷了，还有两个锅也不见了。

皮隆立刻看了大乔·波特吉一眼，然后摇了摇头。“不，你和我们在一起。不是你干的。”

“是丹尼干的，”巴勃罗兴奋地说，“他真的是疯了。他像动物一样在树林里到处乱跑。”

沉重的忧虑和担心笼罩着丹尼的家。“我们一定要找到他，”朋友们互相保证。“他在疯狂的时候会受到伤害。就算找遍全世界，我们也一定要找到他。”

他们不再懒惰。每天都在找他，开始听到一些奇怪的谣言。“是的，丹尼昨晚来过这儿。啊，那个醉鬼！啊，那个小偷！丹尼用栅栏打倒了一个老人，还偷了一瓶格拉巴酒。你们算什么朋友啊，让他做这种事？”

“对啊，我们看到丹尼了。他闭着一只眼，唱着歌。‘可爱的姑娘，到树林里来吧，我们一起跳舞’但我们没过去。我们很害怕。丹尼看起来不是太安分。”

在码头上，他们发现了更多关于丹尼的信息。“他来过这里，”渔夫们说。“他想和每个人打一架。贝尼托用桨砸了丹尼的头，桨都砸断了。然后丹尼就打破了几个窗户，一个警察就把他关进监狱里了。”

他们继续全力以赴寻找那位任性的朋友。“麦克尼尔昨天晚上把他带进来的，”警官说。“但是不知道怎么搞的，天亮前他就跑了。等我们抓到他，要关他六个月。”

朋友们厌倦了追逐。他们回到家里，惊恐地发现皮隆当天早上刚弄来的那袋土豆不见了。

“这太过分了。”皮隆叫道。“丹尼疯了，他有危险。如果我们不救他，他会遇到可怕的事情。”

“我们去找他。”耶稣·玛利亚说。

“每棵树和每间棚子的后面都找找看。”巴勃罗保证。

“还有海滩上的那些船下面。”大乔建议道。

“狗也可以帮忙，”海盗说。

皮隆摇摇头。“不是这样的。每次我们到了一个地方，丹尼都是刚刚走开了。我们必须在他会去的地方等他。我们得像聪明人一样做事情，不能老是像傻瓜一样。”

“可是他会上哪儿去呢？”

他们同时灵光一闪。“托雷利酒馆！丹尼迟早会去托雷利酒馆的。我们必须去那里抓住他，制止他的疯狂行为。”

“好，”他们一致同意，“我们一定得去救丹尼。”

他们一起出发去了托雷利酒馆，但是托雷利不让他们进去。“你们是要问我，”他隔着门大喊道，“看到丹尼了没有？丹尼带来了三条毯子和两个做饭的锅，我给了他一加仑酒。但那个魔鬼后来做了什么？他侮辱了我老婆，还骂了我。他打了我孩子的屁股，踢了我的狗！还从门廊那儿偷走了吊床。”托雷利气得上气不接下气，继续说：“我追着他要拿回来我的吊床，但等我回来时，他就和我的老婆搞到一起去了！这个采花贼！小偷！酒鬼！那就是你们的朋友丹尼！我要亲自送他进监狱。”

朋友们的眼睛闪闪发亮。“喂，你这个科尔西卡猪。”皮隆平静地说，“你说的是我们的朋友啊。我们的朋友身体不好。”

托雷利锁上了门。他们能听见门闩插上的声音，但皮隆仍然隔着门继续说：“喂，犹太人，要是你给酒时稍微大方一点儿，这些事情就不会发生了。当心别让你那冷冰冰又令人恶心的舌头弄脏了我们的朋友。小心点儿，对他客气点，他有很多朋友。要是你对他不好，我们就撕破你的肚皮。”

在这上了锁的房子里，托雷利一句话也没说，但皮隆那些凶狠的话让他又气又怕，浑身发抖。当他听到他们的脚步声沿着小路慢慢走远之后，才松了一口气。

那天晚上，朋友们睡觉以后，听到厨房里传来悄悄的脚步声。他们知道那是丹尼，但在他们抓到他之前他就逃跑了。他们在黑暗中四处寻找，悲伤地叫着：“回来吧，丹尼，我们亲爱的朋友，我们需要你和我们在一起。”

没有人应答，但飞出一块石头打在了大乔的肚子上，他疼得蜷缩在地上。唉，朋友们是多么的失望，他们的心情是多么的沉重！

“丹尼正在加速走向死亡啊，”他们悲伤地说，“我们的朋友需要帮助，而我们却帮不了他。”

现在很难在房子里面安居了，因为丹尼几乎偷走了房子里的所有东西。一把椅子出现在一个私酒商人的店里。所有的食物都被拿走了，有一次，趁着他们在林子里找他，丹尼偷走了那个密封炉，因为太重，他就把它丢在了山谷里。钱是一分都没有了，因为丹尼偷走了海盗的手推车，从乔·奥尔蒂斯那里换了一瓶威士忌。现在，丹尼房子里的所有安宁都消失了，只留下了担忧和悲伤。

“我们的幸福都到哪去了？”巴勃罗哀叹道，“我们一定是在什么地方犯了罪，这是对我们的审判。我们应该去忏悔。”

他们不再讨论科妮莉亚·鲁伊斯换来换去的情人了。道德消失了，人道主义也消失了。美好的生活已变成废墟，在一片荒凉中流言四起。

“丹尼昨晚犯了强奸未遂罪。”

“丹尼一直在偷偷挤帕洛齐科太太家的山羊的奶。”

“丹尼前天晚上和几个士兵打了一架。”

朋友们对丹尼的道德败坏感到悲哀，对丹尼自由快乐的生活也没有丝毫的妒忌。

“他要是没疯，就会受到惩罚。”皮隆说，“一定是这样的。丹尼是故意犯罪，打破了我所知道的犯罪记录。唉，要是他想改邪归正，那得做多少忏悔啊！几个星期之内，丹尼犯下的罪恶比老鲁伊斯一生还要多。”

那天晚上，丹尼没有遇到友好的狗的阻拦，像路灯下树枝动来动去的影子一样，悄无声息地溜进自己的房子里，肆无忌惮地偷了皮隆的鞋子。第二天早晨，皮隆不一会就明白发生了什么事。他不动声色地走到门廊那儿，坐在阳光下，凝视着自己的双脚。

“这次他太过分了。”皮隆说，“他之前搞的恶作剧，我们都忍了。但现在他是在犯罪。这不是我们认识的那个丹尼。这是另一个人，一个坏人。我们必须抓住这个坏人。”

巴勃罗沾沾自喜地低头看着自己的鞋子，说道：“也许这还是一个恶作剧。”

“不是的，”皮隆严厉地说，“这是犯罪。它们虽然不是很好的鞋，但偷走它们是对友谊的亵渎。这是最恶劣的犯罪。如果丹尼连他朋友的鞋子都偷，就没有什么罪是他不敢犯的了。”

朋友们点头表示同意。“是啊，我们必须抓住他，”仁慈的耶稣·玛利亚说，“我们知道他病了。我们要把他绑在床上，设法治好他的病。我们一定得想办法抹去他脑子里阴暗的部分。”

“但是现在，”巴勃罗说，“在我们抓住他之前，必须记住睡觉时把鞋子放在枕头底下。”

整个房子处于丹尼的围攻之中。他们的做法激怒了丹尼，而丹尼在外面玩得却很开心。

除了怀疑和愤怒，托雷利的脸上很少流露出其他情绪。作为一名酿私酒的商人，他在和薄饼坪的人们打交道时，这两种情感经常涌上心头，脸上也有所表现。此外，托雷利从未拜访过任何人。他只是待在家里，等着大家都来找他。因此，早上托雷利在去丹尼家的路上，脸上洋溢着喜悦和期待的狞笑，孩子们跑进院子，透过栅栏偷偷地看着他，连狗也把尾巴夹在肚皮底下，惊恐地向后逃窜，路上遇到他的人，都退让到一边，握紧拳头，随时准备击退这个疯子。

这天早晨，云雾笼罩着天空。阳光几次想要突破云雾都失败了，最后放弃了，退到灰色的云层后面。松树让沾满尘土的露珠滴在地上，周围几个人的脸上映射出阴沉晦暗的模样。没有诚挚的问候，也没有理想主义，期盼今天比其他时候更好。

老罗卡看到托雷利脸上的笑容，回到家对妻子说：“你看他的样子，就像刚刚吃掉了自己亲手杀死的孩子一样！”

托雷利很高兴，因为他的口袋里有一张叠好的宝贵的纸。他一遍又一遍地摸索外套的口袋，压一压，直到有噼里啪啦的声音，托雷利才确信那张纸还在。在这个灰蒙蒙的早晨，他一边走一边自言自语。

“那个蛇窝，”他说，“我要把丹尼的朋友们都清除干净，那群瘟疫一样的家伙。我再也不会用酒跟他们换东西了，他们会再把东西偷走。他们每个人都没有那么坏，但混到一起就不一样了！圣母玛利亚，看我怎么把他们赶到大街上！这些癞蛤蟆、烂虱子、臭苍蝇！等他们再次睡在树林里，就不会那么骄傲了。

“我要让他们知道托雷利胜利了。他们想欺骗我，抢走我的家具和我老婆的贞操！他们会看到托雷利，这个悲惨的受害者，也是会反击的。嗯，没错，他们会看到的！”

他一边走一边喃喃自语，他把口袋里的那张纸弄得噼啪作响。树上的露水凄凉地滴到尘土里，海鸥在空中盘旋，凄厉地哀鸣着。托雷利像灰色命运之神，朝丹尼家走去。

丹尼的屋里一片昏暗。朋友们不能坐在门廊那儿晒太阳了，因为没有阳光，没有比这更好的理由了。他们把那个被偷走的炉子从山谷里带了回来，重新装好。现在他们围炉而坐，来拜访的约翰尼·篷篷把他听到的消息告诉了大家。

“蒂托·拉尔夫，”他说，“已经不再在市监狱做看守了。不是了，今天早上警察法官把他给开除了。”

“我喜欢蒂托·拉尔夫。”皮隆说，“有人进监狱的时候，蒂托·拉尔夫总会给他带点儿酒。他知道的故事比一百个人知道的还多。他是因为什么丢了这份工作，约翰尼·篷篷？”

“这就是我要告诉你们的事。你们知道，蒂托·拉尔夫以前经常进监狱，他是个模范囚犯。他知道应该如何管理监狱。待了一段时间之后，他比任何人更了解监狱的情况。后来看守马克斯老爹死了，蒂托·拉尔夫就接替了他的位置，没有哪个看守干得像蒂托·拉尔夫这么出色。他做的每件事都恰到好处。但他有个小缺点，就是喝酒时就忘记了自己是看守，总是逃跑，他们就得去抓住他。”

朋友们点了点头。“我知道，”巴勃罗说，“我听说还很难抓到他，他会躲起来。”

“对，”约翰尼·篷篷继续说，“除了这点，他算是最好的看守。但是，下面才是我要来告诉你们的事。昨天晚上，丹尼弄到够十个人喝的酒，结果他全给喝了。然后他就在窗户上画画。他很有钱啊，买了很多鸡蛋，扔向一个中国人。其中一个鸡蛋没打中那个中国人，但是打中了一个警察。丹尼就这样进了监狱。

“但他有钱啊。他让蒂托·拉尔夫买了一些酒，然后又去买了一些。监狱里有四个人。他们都喝了酒。最后，蒂托·拉尔夫的那个小毛病就暴露出来了。他就跑了，其他人也跟着跑了。他们今天早上抓住了蒂托·拉尔夫，和他说他以后不能再当看守了。他太伤心了，把一扇窗户给打碎了，现在又给关进监狱里了。”

“那丹尼呢，”皮隆大叫道，“丹尼怎么样了？”

“哦，丹尼，”约翰尼·篷篷说，“他也跑了。他们还没有抓到他呢。”

朋友们沮丧地叹了口气。

“丹尼变坏了。”皮隆严肃地说，“他不会有好下场的。不知道他是从哪儿弄来的钱。”

就在这时，得意洋洋的托雷利打开院门，大步走了进来。海盗的狗紧张不安地从角落里站了起来，咆哮着朝门口走去。朋友们抬起头来，用眼睛互相示意，充满疑惑。大乔拿起一直带在身上的锄头把儿。门廊上响起了托雷利沉重而自信的脚步声。门突然开了，托雷利站在那里，满脸堆着笑。他没有对着他们大吼大叫，而是像一只家猫一样小心翼翼地走近。他亲切地拍了拍他们，就像家猫轻轻地拍一只蟑螂。

“哦，我的朋友们，”看到他们警惕的表情，他温柔地说，“我亲爱的好朋友们、好顾客们。我的心都要碎了，因为我不得不给我爱的人送来坏消息。”

皮隆跳起来。“是丹尼吧。他生病了，他受伤了。快告诉我们。”

托雷利优雅地摇了摇头。“不不不，我的朋友们，不是丹尼的事情。我的心在滴血呢，但我必须得告诉你们呀，你们不能再住在这里啦。”他的眼里流露出幸灾乐祸的神情，心满意足地看着他们惊愕的表情，每个人都目瞪口呆，一片茫然。

“这是什么蠢话，”巴勃罗喊道，“为什么我们不能再住在这里了？”

托雷利缓缓地把手伸进胸前的上衣口袋，夹出了那张珍贵的纸，在空中挥舞着。“我很难过，”托雷利继续说，“丹尼已经不再拥有这栋房子。”

“什么！”他们叫喊了起来，“你是什么意思？丹尼是怎么不能再拥有他的房子的？说啊？你这只科尔西卡猪！”

托雷利咯咯地笑了起来，恐怖的笑声让那些派萨诺人忍不住往后退。“因为呀，”他说，“这房子现在是我的啦。丹尼昨晚上来找我，以二十五美元的价格把他的房子卖给了我。”他恶狠狠地注视着他们脸上复杂的情绪。

“骗人，”他们的表情好像在说，“丹尼不会做这样的事。”接着又好像在说，“但是丹尼最近做了很多坏事。他一直在偷我们的东西。也许他真的瞒着我们把房子卖了。”

“骗人！”皮隆大声嚷道，“纯粹是一派胡言！”

托雷利保持微笑，挥动着手里的纸。“我这里有证据，”他说，“这是丹尼签了字的文件。这就是我们商界所说的买卖单据。”

巴勃罗愤怒地朝他走去。“你把他灌醉了，他不知道自己做了什么。”

托雷利把那张纸打开一点儿。“法律对那可不会感兴趣，”他说，“所以，我亲爱的朋友们，我负责任地告诉你们，你们必须要离开我的房子。我对这个房子已经另有安排了。”他脸上的笑容消失了，重新摆出一副凶残的模样。“如果你们中午之前还不出去，我就把警察找来。”

皮隆慢慢地走向他。哦，当心，托雷利，如果皮隆笑着朝你走来，赶快跑吧，躲到铁房子里把门焊好！“我不明白这些事情。”皮隆温和地说，“当然，我为丹尼做出这样的事感到难过。”

托雷利再次咯咯地笑了。

“我从来没有房子要卖，”皮隆继续说，“丹尼在这张纸上签了字，是吗？”

“是的，”托雷利模仿他说道，“丹尼在这张纸上签了字。是这样的。”

皮隆笨手笨脚地往前走着。“这就是能证明你拥有这所房子的东西？”

“是啊，小蠢蛋。这就是能证明我拥有这房子的文件。”

皮隆看上去很困惑。“我想你一定要把这件事写下来，记录一下。”

托雷利轻蔑地笑了。哦，当心，托雷利，你没注意到这些毒蛇悄悄地动起来了吗？耶稣·玛利亚站在门前，巴勃罗站在厨房门口。大乔紧紧地握着锄把儿，关节都变白了。

托雷利说：“你们这些流浪汉、叫花子，对买卖一窍不通。等我离开这里，我就把这张纸拿到城里去，然后——”

事情发生得太快，最后几个字刚喷出来，他就飞到了空中，砰的一声重重地落在地板上，两只胖手在空中抓来抓去。他听到炉子盖哐当一声响。

“强盗，”他尖叫道。他涨得脸红脖子粗，喊道：“强盗！啊，臭耗子，狗东西，把纸还给我！”

皮隆站在他面前，显得很惊讶的样子。

“纸？”他礼貌地问道，“什么纸让你这么激动？”

“我的买卖合同，我的房产证明。啊，我会告诉警察的！”

“我不记得有什么纸啊。”皮隆说，“巴勃罗，你知道他说的纸是什么吗？”

“纸？”巴勃罗说，“他是说报纸还是卷烟的纸呢？”

皮隆继续叫着人，“约翰尼·篷篷？”

“也许他在做梦吧。”约翰尼·篷篷说。

“耶稣·玛利亚？你知道是什么纸吗？”

“我想他是喝醉了吧，”耶稣·玛利亚用一种震惊的语气说道，“大早上的就喝酒，这也太早了吧。”

“乔·波特吉？”

“我刚才不在这儿，”乔坚持说道，“我刚进来。”

“海盗？”

“他压根没拿纸啊，”海盗转头看向自己的狗，“他拿了吗？”

皮隆扭过头去看着暴怒的托雷利。“你弄错了，朋友。可能我对那张纸的看法是错的，但你也看到了，除了你自己，没有人看到过那张纸。要是我觉得可能根本就没有那张纸的话，你会怪我吗？也许你该躺床上休息一会儿。”

托雷利惊呆了，什么话也喊不出来了。他们把他推出了门，催他赶紧回去，托雷利陷入失败的恐惧之中。

然后他们抬起头看着天空，高兴了起来。因为阳光又开始战斗了，这一次它从云雾闯出了一条道路。朋友们没有回到房子里，他们愉快地坐在了前门廊上。

“二十五美元。”皮隆说。“我想知道他怎么花这笔钱。”

阳光小胜一场之后，就把天上的云雾都驱散了。门廊的地板暖和了起来，苍蝇在阳光下唱着歌。朋友们都累坏了。

“他差一点就成功了，”巴勃罗疲倦地说，“丹尼不应该做这种事。”

“我们以后都到托雷利那儿去买酒吧，以此来补偿他。”耶稣·玛利亚说。

一只鸟跳到玫瑰花丛上，摇摆着尾巴。莫拉莱斯太太刚孵出来的小鸡偶尔会对着太阳唧唧地唱着赞美诗。前院的狗，若有所思地到处乱抓乱挠，咬着自己的尾巴。

路上传来了脚步声，朋友们抬起头来看看，然后站了起来，露出欢迎的笑容。丹尼和蒂托·拉尔夫走进院子的大门，每人都提着两个沉重的袋子。耶稣·玛利亚冲进屋子里，拿出了那几个水果罐头瓶。丹尼把酒瓶放在了门廊上，朋友们注意到他好像有点儿累。

“爬山太热了，”丹尼说。

“蒂托·拉尔夫，”约翰尼·篷篷叫道，“我听说你被关进监狱里了。”

“我又逃出来了。”蒂托·拉尔夫惨淡地说道，“我还留着那些钥匙呢。”

水果罐头瓶里倒满了酒。大家不由得长叹了口气，庆幸一切都结束了。

皮隆喝了一大口。“丹尼，”他说，“今天早上托雷利那头猪来这儿了，满口谎言。他拿着一张纸，说你在那上面签了字了。”

丹尼大吃一惊。“那张纸在哪儿？”他问道。

“是这样，”皮隆继续说道。“我们知道他在撒谎，所以我们就烧掉了那张纸。你没签字吧？”

“没有，”丹尼说着，把罐子瓶子里的酒一饮而尽。

“要是有东西吃就好了，”耶稣·玛利亚说。

丹尼笑了笑。“我忘了。袋子里有三只鸡和一些面包。”

皮隆感到非常高兴和欣慰，站起来说了几句。“到哪儿能找到比我们的朋友还好的人啊？”他喊道，“他让我们住进他的房子，不让我们在外面受冻。他和我们分享他的美酒和佳肴。啊，多善良的人呐，亲爱的朋友。”

丹尼很尴尬，看着地板。“这没什么，”他喃喃地说，“不值一提。”

但是皮隆真的太高兴了，以至于能包容整个世界，甚至包容世界上的邪恶。“我们一定得找个时间为托雷利做点好事。”他说。

第十六章

朋友们为悲伤的丹尼举行派对，他却死了

经过一番胡作非为之后，丹尼回到他的房子里和朋友们身边，虽然没有良心不安，但感到非常疲惫。这段不同寻常的经历就像是一根粗糙的手指在他的灵魂上反复敲击。他开始无精打采地生活，起床后就坐在卡斯蒂玫瑰花丛下的前门廊上，从门廊上起身也只是为了吃饭，吃完饭就去床上睡觉。别人议论纷纷，他只是听着，但并不在意。对科妮莉亚·鲁伊斯频繁更换丈夫这件事，丹尼也没有一点儿兴趣。一天晚上，大乔竟然躺到了丹尼的床上，丹尼也无动于衷，皮隆和巴勃罗只好替他打了大乔一顿。萨米·拉斯佩尔带着一把枪和一瓶威士忌庆祝迟来的新年时，开枪杀了一头母牛，进了监狱。丹尼听朋友们讨论着与这个案件相关的道德问题，尽管争论非常激烈，朋友们热情地邀请他发表看法，但他依旧不感兴趣。

过了一段时间，朋友们开始为丹尼担心。“他变了，”皮隆说，“他老了。”

耶稣·玛利亚说：“丹尼把一生的美好时光都塞进了那短短的三个星期了。他厌倦了玩乐。”

朋友们想把他从冷漠的洞穴中拉出来，可是白费力气。早上，坐在门廊上，他们讲着最有趣的故事，深入形象地讲述薄饼坪的风流韵事，就好像他们对解剖课感兴趣似的。皮隆搜寻着薄饼坪的各种消息，把有趣的讲给丹尼听，但丹尼的眼中流露出岁月的痕迹，一副疲倦的样子。

“你不太对劲，”耶稣·玛利亚徒劳地安慰道，“你心里一定藏着痛苦的秘密吧。”

“没有，”丹尼说。

大家注意到，他会让苍蝇在他的脚上爬很久，赶走苍蝇时也只是随便动一下。渐渐地，高涨的情绪和爽朗的笑声从丹尼的房子里消失了，而陷入丹尼那沉默的黑暗沼泽中。

唉，丹尼现在让人心生同情。他曾经会为失败或其他事情战斗，他可以和所有人痛饮一杯又一杯，他曾经对爱慕之情的反应就像一只亢奋的老虎。而现在他坐在前门廊的阳光下，晒着太阳，穿着蓝色牛仔裤的膝盖抵在胸前，双臂耷拉在腿上，双手软绵绵地垂着，低着头头，仿佛被沉重的忧思压垮了。他的眼神里没有欲望，没有愤怒，没有喜悦，也没有痛苦。

可怜的丹尼，生活怎么会抛弃你呢！你坐在这里，俨然周围世界创立之前的第一人，又像是世界毁灭之后的最后一人。但是看看呐，丹尼！你并不孤单。你的朋友们也陷入了你的这种状态，他们时刻在关注着你，就像充满期待的小狗，等待着主人醒来的第一个动作。丹尼，只要你说一句欢快的话，给一个快乐的眼神，他们就会吠叫起来，追逐自己的尾巴。你的生命已经不由你自己掌控了，丹尼，因为你的生命还关系到其他人的生命。看看你的朋友们有多么痛苦吧！重新活跃起来吧，丹尼，这样你的朋友们才能重获新生！

事实上，皮隆就是这么说的，不过他的措辞没有那么优美。皮隆递给丹尼一罐酒。“来吧，”他说，“把酒干了。”

丹尼接过罐头瓶子，一口喝干了。然后他照原样坐了回去，想要再次回到自己的情绪状态中去。

“你哪里觉得疼吗？”皮隆问道。

“没有。”丹尼说。

皮隆又给他倒了一罐酒，看着他把酒喝完。丹尼的眼睛不再暗淡无光，在眼睛深处的某个地方，昔日的丹尼猛地活了过来，他扬起手一下就打死了一只苍蝇，动作十分娴熟。

皮隆的脸上慢慢露出了笑容，召集了所有的朋友——巴勃罗、耶稣·玛利亚、大乔、海盗、约翰尼·篷篷和蒂托·拉尔夫。

皮隆领着大家走到房子后面的峡谷里。“我把最后一点儿酒都给了丹尼，这酒对他起作用了。丹尼还需要很多很多的酒，也许还需要一个派对。我们到哪儿能弄到酒？”

他们仔细地思考着在蒙特雷能弄到酒的所有可能性，就像谷仓里找寻老鼠的捕鼠犬一样，虽然根本就没有老鼠。这些朋友受到比其他人更纯净的利他主义的驱使。他们爱丹尼。

耶稣·玛利亚最终说道："金记酒家在给鱿鱼装箱。"

他们的思绪一下子活跃了起来，好奇地转动起来，思量着这件事，之后又悄悄地缩了回去，仔细地掂量了一番。过了好一会儿，他们受到震惊的思绪才接受了这件事。"但是，为什么不干呢？"他们默默地找着理由。"就干一天不会那么惨吧——就只干一天。"

他们的表情说明了挣扎的过程，也显示出他们是如何为了丹尼的福祉而战胜了自己的恐惧。

"我们就这样做。"皮隆说。"明天我们都下山到城里去切鱿鱼，晚上我们为丹尼办一场派对。"

第二天早上，丹尼醒来的时候，房子里空无一人。他起床后，看了看那几个安静的房间里。丹尼不是一个会沉思很长时间的人，便不再去想这是怎么回事。他走到前门廊，无精打采地坐了下来。

这是预兆吗，丹尼？你害怕即将降临的命运吗？余生难道没有乐趣了吗？不。丹尼就像一个星期以来那样，沉浸在自己的世界里。

但薄饼坪上并不是这样。消息一大早就传开了。"丹尼的朋友们正在金记酒家切鱿鱼呢。"这是一个异常的迹象，就像是政府被推翻，甚至是太阳系毁灭了一样。人们在街上谈论这件事，隔着篱笆传给了那些着急到四处去讲述这件事的女士们。"丹尼的朋友们都下山去切鱿鱼了。"

整个早晨这个消息就像带了电一样迅速传开了。一定有什么原因，肯定有什么秘密。妈妈们指挥着孩子们，让他们跑到金记酒家加工鱿鱼的院子里去看个明白。年轻的主妇们在窗帘后面焦急地等待着最新的消息。终于有消息了。

“巴勃罗用鱿鱼刀把手划伤了。”

“金记踢了海盗的狗。”

一阵骚动。

“那些狗回来了。”

“皮隆的脸色看起来很恐怖。”

有人下了几个赌注。几个月来，一直没有这么令人兴奋的事情发生了。整个上午，竟然没有一个人提起科妮莉亚·鲁伊斯。直到中午的时候，才有确切的消息透露出来，但是随后就引起了一场骚动。

“他们要为丹尼举办一个大型的派对。”

“每个人都参加。”

各种指令开始从加工鱿鱼的院子里传出来。莫拉莱斯太太掸去留声机上的灰尘，挑选出声音最大的唱片。几颗火星点燃了薄饼坪这个易燃物。七个朋友，真的要给丹尼办场派对！好像在说丹尼只有七个朋友一样！索托太太拿着刀走进她家的养鸡场，帕洛齐科太太往她最大的锅里倒了一袋糖来做甜点，一群姑娘走进了蒙特雷的伍尔沃思商店，买了所有的彩色皱纹纸，吉他和手风琴的练习声响彻整个薄饼坪。

新消息！鱿鱼加工的院子里传来了更多的消息。他们一定要促成这件事，态度很坚决。他们至少要有十四美元，准备十四加仑的葡萄酒。

托雷利忙得不可开交。每个人都想买一加仑的酒带着去丹尼家。托雷利也陷入了这场忙乱中，受大家的狂热所感染，他对老婆说：“我们也去丹尼家吧，我要给朋友们带几加仑葡萄酒。”

一个下午过去了，激动的情绪如潮水般席卷了整个薄饼坪。人们拿出从来没有穿过的衣服，晾在外面。门廊的栏杆上挂着不少披肩，散发着樟脑丸的气味。蛀虫们渴望了两个世纪，也未能咬上一口。

丹尼呢？他坐在那里，像一个快要融化了的人。太阳移动的时候他才动一动。就算意识到了那天下午薄饼坪上的每一个居民都经过了他家的大门口，他也无动于衷。可怜的丹尼！至少有几十双眼睛盯着他家的前门。大约四点钟的时候，他站了起来，伸了个懒腰，漫步踱出了院子，向蒙特雷走去。

哎呀，他们还没有等到丹尼走出视线，就布置了起来。哦，把红的、绿的、黄的各种皱纹纸缠缠绕绕，悬挂起来！哦，把蜡烛刨成了屑，把刨花撒在了地板上！哦，那些疯狂的孩子们滑来滑去把蜡都给均匀地摊开了！

食物都准备好了。一盆盆的米饭，一罐罐清蒸鸡，还有令人惊喜的饺子！酒来了，一瓶又一瓶。马蒂内从他的肥料堆里挖出一桶土豆酿的威士忌，带着它去了丹尼家。

五点三十分，朋友们向山上行进，虽然疲惫不堪，伤痕累累，却心情愉快。拿破仑的近卫军在奥斯特利茨战役之后回到巴黎时，一定也是这个样子。看到了那座色彩斑斓的房子，他们笑了，倦意也消失了，高兴得热泪盈眶。

奇波妈妈走进院子，她的两个儿子跟在后面，抬着一大盆野果。保利托，那个有钱的无赖，在炉火上煮着一大锅豆子和辣椒。院子里传出喊叫声，断断续续的歌声，妇女们的尖叫声，还有兴奋不已的孩子们传来的阵阵喧闹声。

一车忧心忡忡的警察从蒙特雷赶来。“哎，只是一个派对。不错啊，我们还能喝上杯酒。不要伤害任何人。”

丹尼在哪里？他像清冷夜晚飘荡着的一缕烟雾，独自在蒙特雷四处流浪。他去了邮局，去了车站，去了阿尔瓦拉多街上的弹子房，去了码头，那里的黑色海水在成堆的货物中哀恸。这是怎么回事，丹尼？是什么让你有了这种感觉？丹尼不知道。他心里隐隐作痛，像与心爱的女人分别一样。他感到隐隐悲伤，就像秋天的绝望一样。走过那些曾经吸引他的餐馆，此刻却没有了一点胃口。路过祖卡夫人的豪宅，却不想再同窗户里的姑娘开下流的玩笑。回到码头，倚在栏杆上，望着深深的海水。你知道吗，丹尼，你生命中的美酒是如何灌进诸神的水果罐头瓶里的？你看到自己的时光在成堆货物间的油乎乎的海水中流逝吗？他一动不动地盯着下面。

天渐渐黑下来了，丹尼的家里的朋友们都很担心他。他们离开了派对，小跑下山来到了蒙特雷城。他们问：“你看到丹尼了吗？”

“看到了，丹尼一小时前经过这里了。他走得很慢。”

皮隆和巴罗一起找着。他们沿着他们的朋友走过的路线寻找着他，最后他们在黑暗的码头尽头看到了他。码头上昏暗的灯光照在他身上。他们急急忙忙地跑过去。

巴勃罗当时没有提起这件事，后来，每当提到丹尼的时候，他就会习惯性地描述起自己和皮隆在码头上走向丹尼时看到的情景。“他就站在那儿，”巴勃罗总是这样说。“我只能看见他倚在栏杆上。我看着他，然后看到了别的东西。起初，它看起来像一片乌云，笼罩在丹尼的头顶上。然后我看清楚了，那是一只和人一样大的黑鸟。那鸟悬在空中，像一只鹰守在兔子洞上面似的。我画了十字，念了两遍‘万福玛利亚！’等我们走到丹尼身边时，那鸟就不见了。”

皮隆没有看见那只鸟。此外，皮隆不记得巴勃罗在胸前画过十字，还念了“万福玛利亚”。但他从不干涉这个事，因为这是巴勃罗自己的事。

他们快步走向丹尼，码头的木板在他们脚下隆隆作响。丹尼没有转身。他们抓住他的胳膊，让他转过身来。

“丹尼！怎么了？”

“没什么，我很好。”

“你病了吗，丹尼？”

“没有。”

“那是什么让你这么伤心呢？”

“我不知道，”丹尼说，“我只是有这样的感觉，什么都不想做。”

“也许医生能帮你，丹尼。”

“我说过了，我没有病。”

“那你看，”皮隆叫道。“我们在你家里为你举办了一个派对。薄饼坪的每个人都在，还有音乐，有酒和鸡肉！大概有二三十加仑酒，还有鲜艳的彩纸挂着呢。你难道不想参加吗？”

丹尼深深地吸了一口气。他把头转过去看向深不可测的黑色海水，看了一会儿。也许他对诸神低语了一个承诺或者一种挑衅。

他又转过身，面向自己的朋友们，眼里露出了狂热的表情。

“你们他妈的说对了，我想去。快点儿吧。我渴了。有姑娘吗？”

“有很多姑娘，所有的姑娘都来啦。”

“那走吧，快点儿。”

他领着他们跑上山去。还没到家，他们就能听到松树间传来悦耳的音乐，兴奋而快乐的欢笑声中时而发出几声尖叫。这三个迟到的人拼命地跑到家。丹尼抬起头，像狼一样嚎叫着。装满酒的罐头瓶一个接一个地递到丹尼手里，他全部一饮而尽。

那是为你开的派对！后来每当一个人满怀热情地谈起派对的时候，总会有人用崇敬的语气问道：“你去过丹尼家的那场派对吗？”而且，除非第一个说话的人是新来的，否则他一定去了。那是为你开的派对啊！没有更好的派对了。这样的事情是难以想象的，因为不到两天的时间，丹尼的派对就已经超越以往任何一场派对了。那晚出来的时候谁的身上没有留下光荣的伤痕或者淤青呢？从来没有哪个派对打了这么多的架。不是两个人之间打架，而是整群人都在激战，每个人都是为自己而战。

啊，听听女人们的笑声！就像拉丝玻璃一样清脆而尖锐。啊，从山谷里传来了女人抗议的尖叫声。下个星期，拉蒙神父一定会听到令他十分震惊和难以置信的忏悔。整个薄饼坪的快乐灵魂都挣脱了束缚，飞到空中，变成了一个令人心醉神迷的整体。他们尽情地跳着舞，把地板的某个角落跳塌了。手风琴奏得太响亮，到后来总是漏风，如同马陷进泥潭里，发出绝望的呼哧呼哧的喘息声。

而丹尼如同这个派对独一无二的，他像神父一样蔑视争高低的表现。将来要是某个狂妄自大的年轻人兴奋地说："看到我了吗？看到我邀请那个黑鬼丫头跳舞了吗？看到我们像猫一样旋转了一圈又一圈的舞步了吗？"年长的智者就会用恶狠狠的目光盯着他，而见多识广的声音则会平静地问道，"你见过那晚派对上的丹尼吗？"

将来有一天，也许某位历史学家可能会写一部冷冰、干瘪、乏味的史书，来记录那场派对。他可能会提到丹尼用一条桌子腿对着派对上的所有人发起了挑衅和攻击，不论男人、女人还是孩子。他可能会得出这样的结论："根据观察，一个濒死的有机体通常会具有非凡的耐力和力量。"提到丹尼那晚超乎常人的风流行为时，这位历史学家可能会毫不犹豫地写道："任何活着的有机体受到攻击时，它全部的功能似乎都是为了繁殖。"

但是，我也好，薄饼坪上的人也好，都会这么说："去它的吧。丹尼确实是个猛男啊！"没有人真正地去算过，事后自然也没有哪位女士愿意承认自己被丹尼冷落了，丹尼颇负盛誉的超凡能力可能有些言过其实了。不过，对世界上的其他任何一个人来说，有所说能力的十分之一，就已经都是夸大其词了。

派对那晚，丹尼走到哪里，哪里就是一片疯狂。在薄饼坪上，大家都情绪激昂地说，丹尼一个人就喝了三加仑红酒。必须得记住，丹尼现在可以封神了。几年之后，人们可能会说他一个人喝了三十加仑红酒。二十年之后，人们可能会清楚地记得：火红的云彩，在天空中拼写出了巨大的"丹尼"字样，月亮在滴血，天狼在银河系的群山中发出不祥的嚎叫。

渐渐地，体格不如丹尼强壮的人开始变得萎靡、瘫软，爬了出去。剩下的人觉得还不够尽兴，喊得更响，打得更凶，跳得也更起劲。在蒙特雷城里，消防车的发动机一直开着，消防员们戴着红色的头盔，穿着防水衣，静静地坐在座位上等待着。

夜晚很快就过去了，丹尼仍然在派对上咆哮着。

很多参加派对的人都证实了当晚发生的事情，目击者有男有女。虽然他们作为目击证人的价值有时会遭到怀疑，因为他们喝了三十加仑的葡萄酒和一桶土豆威士忌酒，但这些人对主要的事实都还是很肯定的，面对质疑也是闷闷不乐。派对上的整个故事在过了几个星期之后才有了一个大体的轮廓。一些人说了这些事，另一些人说了另一些事，东拼西凑地拼出了这个故事。不过逐渐地一些说法都给澄清了，于是就得到了现在这个比较合理的版本，以后传下去的也会是这个版本。

据薄饼坪的人说，丹尼的模样一直在迅速地变化着。他变得又巨大又可怕。他的眼睛就像汽车的前灯一样刺眼。他的周围散发出一些可怕的气息。他站在那里，在他自己的房子里。他右手握着一根松木桌腿，甚至连这桌腿也变得更长了。丹尼向全世界发起了挑战。

“谁要打架？”他喊道，“世界上难道就没有个有胆量的人了吗？”大家都害怕了，那桌子腿太可怕了，就像活的一样，让所有人感到恐惧。丹尼来回晃动着它。手风琴安静了下来，跳舞也停止了。房间里越来越冷，一团寂静像大海一样在空中呼啸着。

“没人吗？”丹尼又喊道，“这世界上就只有我一个人了吗？没人跟我打架吗？”男人们在他那可怕的眼神面前不寒而栗，怔怔地望着桌子腿在空中划过的痕迹。没有人敢应对这个挑战。

丹尼挺直了身子。据说他的头差点儿碰到天花板。“那我要出去找那能打架的。我会找到配得上丹尼的敌人！”他昂首阔步地走到门口，步伐有点摇晃。惊恐的人们为他让出了一条宽敞的过道。他弯下腰走出了门。人们呆呆地站在那里，侧耳倾听着外面的动静。

人们听见他在屋外大声地叫嚷着发出挑战。他们听到桌子腿像流星一样在空中呼啸而过。他们听到他冲进院子的脚步声。然后，在房子后面的山谷里，传来一声对挑战的回应，它是那么令人毛骨悚然，吓得他们的脊柱就像冰霜下的旱金莲梗一样瘫软了下去。即使现在，人们谈到丹尼的对手时，也会压低声音，小心地四处张望。他们听到丹尼冲了上去。听到他发出了最后反抗的尖叫声，紧接着是砰的一声。然后便是一片沉寂。

人们等了很久，屏住呼吸，唯恐从肺里呼出的气息会盖过外面的声音。但是他们什么也没有听见。黑夜退场，灰蒙蒙的黎明即将来临。

皮隆打破了寂静。“出事了，”他说。皮隆是第一个冲出房门的人。勇敢的人，任何恐怖都无法阻止他。大家跟着皮隆，来到了房子后面，丹尼的脚步声曾在这里出现过，但此刻丹尼却不见了。他们来到了山谷的边缘，一条弯弯曲曲的小路通向山谷深处，那儿原来是一条古老的水道，已经干枯了好几代了。后面的人看见皮隆飞奔而下，也慢慢地跟在他后面下去了。他们在峡谷底部找到了皮隆，他正俯身看着丹尼破碎扭曲的身体。他从四十英尺高的地方摔了下去。皮隆点燃了一根火柴。“我觉得他还活着。”他尖叫道，“快去请医生！快去找拉蒙神父！”

人们跑开了。十五分钟之内，疯狂的派萨诺人叫醒了四名医生，把他们从床上拖了起来。他们不让医生慢条斯理地收拾东西，虽然医生们喜欢用这种方式表明他们不是感情的奴隶。不行！派萨诺人手足无措，说不清楚他们要什么，只能推搡并催促医生们，把出诊箱塞进医生手里。拉蒙神父也让人从床上拖了起来，气喘吁吁地爬上了山，他也不确定自己被赶着出来是为了驱魔，给刚出生的婴儿洗礼，还是要来主持私刑祷告。与此同时，皮隆、巴勃罗和耶稣·玛利亚把丹尼抬回家，放在他自己的床上。他们在他周围都点上了蜡烛。丹尼的呼吸变得很沉重。

医生们先到了。他们疑惑地互相瞥了一眼，考虑了一下谁先动手，但这一刻的拖延让周围的人们抛出了威胁的目光。没过多久医生们就把丹尼全身都检查了一遍，拉蒙神父到达时，他们刚好检查结束。

我没有和拉蒙神父一起走进卧室里去，因为皮隆、巴勃罗、耶稣·玛丽亚、大乔、约翰尼·篷篷、蒂托·拉尔夫、海盗和他的狗都在那儿，他们是丹尼的家人。门刚刚是关着的，现在也是。毕竟人是有自尊心的，有些事情是不能窥探的。

但在大房间里，挤满了薄饼坪的人，空气里弥漫着一种紧张的气氛，人们默默地等待着。神父和医生之间形成了一种微妙的沟通方式。拉蒙神父从卧室里走出来时，他的脸色并没有变化，但女人们一看到他，就发出惨不忍睹的哀号。男人们就像马厩里的马一样不停地移动着双脚，走到外面的晨曦之中。卧室的门则一直关着。

第十七章

丹尼的朋友们怀着悲痛的心情烧掉庇护所，各奔东西

死亡是个人的事情，激起的是悲伤、绝望、热情或干涩的哲学思考。相反，葬礼则是一种社会活动。可以想象，去参加一个葬礼，却没有事先洗车。站在坟墓旁，却没有穿着你最好的黑色礼服和擦得锃亮的最好的黑皮鞋。把花送到葬礼上，却没有附上卡片来证明你送对了人。在所有社交习俗中，丧葬仪式上的礼仪是最严格的。可以想象，要是神父改变他的布道用语或者尝试丰富的面部表情，那会引起多大的愤慨。在殡仪馆里坐着形形色色的椅子，而唯独没用那些黄色的硬座小折叠椅，那又会多么令人震惊啊。不，垂死的人，人们可以爱他，恨他，哀悼他，怀念他。可人一旦死了，就变成了这场复杂而正式的社交仪式的主要摆设。

丹尼死了，已经两天了，他已不再是丹尼了。虽然人们的脸上还笼罩着悲哀的忧郁，心里却还有些兴奋。政府承诺退伍士兵可以享受军人葬礼的待遇。丹尼是薄饼坪上第一个符合要求的人，薄饼坪的人们准备看看政府能否兑现承诺。消息已经传到了要塞的驻兵那里，丹尼的尸体已经由政府出资进行了防腐处理。炮车库里已经有一辆弹药车粉刷了油漆，随时待命，车上面还放着一面折叠整齐的新旗帜。葬礼定于星期五举行，已经下达了葬礼安排的命令：

兹订于上午十点五十分举行葬礼，

由第十一骑兵大队的A骑兵中队、

第十一骑兵大队乐队和鸣枪队负责护卫灵柩。

这难道不能成为让每个薄饼坪的女人都去逛一逛蒙特雷的中兴商场的理由吗？白天，晒得黝黑的孩子们走在蒙特雷的大街上，为丹尼的葬礼向花园主人们讨要鲜花。晚上，同样是这群孩子们又到同样的花园采摘花束。

仪式上，大家都穿了自己最好的衣服。葬礼的前两天，这些衣服需要清洗、缝补、熨烫。人们紧张忙乱地做着这些事情。大家恰当地表露出内心的激动。

第二天晚上，丹尼的朋友们聚集在他的屋里。震惊平息了，葡萄酒也没有了。现在他们感到恐惧，因为整个薄饼坪，他们是最爱丹尼的人，他们是从丹尼那得到最多帮助的人，而他们，这几个派萨诺人，却是唯一不能参加丹尼葬礼的人。令人头痛的阴沉让他们意识到了这个可怕的悲剧，但直到今天晚上，这种情况才变得如此具体，让他们不得不面对。平时他们的衣服是糟糕到难以形容。那场派对让他们的牛仔裤和蓝衬衫更加破烂。哪里还有膝盖没破洞的裤子呢？哪里有没被撕坏的衬衫呢？要是别人死了，他们可以借衣服来穿，但是薄饼坪的每个人都打算穿着最好的衣服去参加这个葬礼。只有科基·赖尔登不去，他因为患上了天花被隔离了，衣服也因此被隔离了。为了买一套好衣服，可以去讨钱或者是偷钱，但是根本不可能一下弄到买六套衣服的钱。

你可能会说，他们那么爱丹尼，就不能穿着自己的破衣服去参加葬礼吗？当你周围的人都穿得光鲜亮丽，你会穿得破破烂烂地就去吗？他们衣衫褴褛地去参加葬礼，比根本没去参加葬礼显得更加不尊重丹尼吗？

他们心中的绝望是无法估量的。他们诅咒着自己的命运。透过前门，他们看到加尔韦斯大摇大摆地走过。加尔韦斯为这次的葬礼买了一套新衣服，而且提前二十四小时就穿上了。朋友们坐在那里，托着下巴，为他们的厄运而苦恼着。他们讨论了所有的可能性。

皮隆生平第一次，提出了一个荒唐的办法。“我们可以今晚出去，每人偷一套衣服，”他建议道。他知道这很愚蠢，因为这天晚上人们会把衣服放在床边的椅子上。这时去偷衣服就是死路一条。

“救世军有时会分发衣服，”耶稣·玛利亚说。

“我去过那儿了，”巴勃罗说，“这次他们有十四条裙子，但是没有套装。”

命运处处在与他们作对。蒂托·拉尔夫走了进来，胸前口袋里露出一条新的绿色手帕，他激起的敌意让他带着歉意退出了房间。

“要是有一周的时间，我们就可以去切鱿鱼。”皮隆说道，“但是明天就举行葬礼了。我们必须要正视这件事。我们当然可以去参加葬礼。”

“怎么去呢？”朋友们问道。

“乐队和送葬的队伍会走在街上，我们可以走人行道。墓地围栏周围全是草。我们可以躲在草丛里，这样就能看到一切过程。”

朋友们感激地看着皮隆。他们知道他一直在用自己的聪明才智思考着各种可能性。但是观看这个过程也只是事情的一半啊，甚至不到一半。在葬礼上露面是更重要的那一半。可这是目前最好的办法了。

“这是给我们的教训。”皮隆说，“我们一定要记住，一定要准备一套好衣服。谁也不知道会发生什么事情。”

他们没有再提这件事，但他们觉得很失败。他们整夜都在城里走来走去。哪个院子里开得最美的花没有让人摘走？哪棵开满花的树枝还留在树上？第二天早上，墓地里为丹尼遗体准备的那个墓穴快被堆积成山的鲜花盖起来了，上面堆满了整个蒙特雷最好的花园中最美的花。

大自然的安排并不总是那么称心如意。的确如此，滑铁卢战役前夕大雨倾盆，唐纳大队旅途中遇到了四十英尺深的积雪。但是星期五这天却是个好日子。太阳升起来了，是一个适合野餐聚会的日子。海鸥飞过晴朗的海湾，飞向沙丁鱼罐头加工厂。礁石上钓鱼的人已经坐好了，等待着落潮。皇宫药品公司把遮阳篷放了下来，避免橱窗里的红色热水瓶受阳光照射而产生化学作用。裁缝马沙多先生在他的橱窗上挂了一块牌子，上面写着“十分钟后回来”，然后回家换上了参加葬礼的衣服。三艘围网渔船开进了港口，船上装满了沙丁鱼。路易·杜瓦蒂给自己的船上了漆，并把船的名字“洛丽塔”改成了“三表亲”。警察杰克·莱克，拦住了一辆来自德尔蒙特的敞篷车，又让他走了，换来了一支雪茄。

真是令人困惑。在这样的日子里，生活怎么还能像平时一样愚蠢呢？玛米·杰克逊怎么还用软水管冲洗她门前的人行道？乔治·W·梅尔克怎么还给自来水公司写第四封信，也是最愤怒的一封投诉信呢？查理·马尔什怎么还能像往常一样烂醉如泥呢？这是对神灵的亵渎，真是骇人听闻。

丹尼的朋友们悲伤地醒来，从地板上站起来。丹尼的床空着。它就像一匹没人骑的军官的战马，跟随着主人，一起进了坟墓。连大乔·波特吉也不再用贪婪的眼光看着丹尼的床。阳光热烈地透过窗户，在地板上投下蜘蛛网的影子。

“这样的早晨会让丹尼很高兴的。”皮隆说。

在山谷走了一趟之后，丹尼的朋友们在前门廊那儿坐了一会儿，追忆着丹尼。他们以友谊之名，忠诚地怀念并赞美着丹尼的美德，也忠诚地忘记了丹尼的缺点。

“他非常强壮，”巴勃罗说。“他就像骡子一样强壮！他能举起一大捆干草。”

他们讲述着丹尼的点点滴滴，他的善良、他的勇气、他的虔诚。

很快就到了去教堂的时候了，他们穿着破烂的衣服站在教堂的马路对面。当幸运一点儿的人光鲜亮丽地走进教堂时，他们的内心满是愧疚，那些人穿得那么漂亮，身上还散发着佛罗里达香水味。朋友们可以听到教堂里仪式进行的音乐声和刺耳的嗡嗡声。他们的位置比较有利，看到了骑兵队，后面是军乐队打着低沉的鼓声，之后是鸣枪队，再后面是弹药车，由三对马拉着，每对马左边的那匹马上都坐着一名骑士。安着铁蹄的马在柏油路面上敲出悲哀的嗒嗒声，也把绝望敲进了朋友们的心里。他们无可奈何地望着丹尼的灵柩抬了出来，放在弹药车上，旗帜盖在了上面。军官吹响了哨子，举起一只手来向前一挥，骑兵中队便开始往前行进，鸣枪队垂下了步枪。鼓声缓慢而令人心碎，乐队奏响了阴沉的进行曲，弹药车也往前驶去。人们庄严肃穆地跟在后面，男人们挺直腰板，神情严肃。女人们讲究地提起裙子，躲开骑兵队走过后留下的难以擦除的马蹄印。所有人都在，科妮莉亚·鲁伊斯、莫拉莱斯太太、加尔韦斯、托雷利和他的胖太太、帕洛齐科太太、叛徒蒂托·拉尔夫、甜心拉米雷兹、马沙多先生，所有在薄饼坪有点儿成就的人，以及其他所有的人，都来了。

难怪朋友们无法忍受这样的耻辱和痛苦呢？他们偷偷地沿着人行道跟着走了一会儿，全靠心中的英雄主义支撑着。

耶稣·玛利亚首先崩溃了。他羞愧得抽泣了起来，因为他的父亲曾是一个富有而且受人尊敬的职业拳击手。耶稣·玛利亚低下头，转身跑开了，另外的五个朋友跟在他后面，五条狗也跟在后面跳来跳去。

还没有看到送葬的队伍，丹尼的朋友们就已经藏在墓地边上的深草丛里了。仪式时间很短，完全军事化。棺材放进墓穴，步枪齐鸣，军号奏响。一听到军号声，恩里克、弗拉弗、帕加里托、鲁道夫、亚历克·汤普森就扬起头来长嚎。海盗为他们的举动感到骄傲！

一切结束得太快了。为了不让人们看到他们，朋友们匆匆离开了。

在回家的路上，他们会经过托雷利目前空无一人的酒馆。皮隆从窗户翻了进去，拿出两加仑的酒。然后他们慢慢地走回丹尼那所寂静的房子里。他们很隆重地把水果罐头瓶子里装满酒，喝掉了，就像在举行仪式一样。

“丹尼喜欢喝酒，”他们说。“丹尼喝点儿酒就会很开心。”

下午过去了，夜晚来临了。每个人都小口啜着酒，回忆着往事。到了七点钟，蒂托·拉尔夫面露羞愧，带着一盒雪茄走了进来，这是他在博彩盘上赢来的。朋友们点燃了雪茄，吐了口唾沫，打开了第二加仑酒。巴勃罗试着唱了几句“图利潘”，想看看他的嗓子还能不能再唱歌了。

“科妮莉亚·鲁伊斯今天是一个人啊，”皮隆小心地试探道。

“也许唱几首悲伤的歌就合适了，”耶稣·玛利亚说。

“但丹尼不喜欢悲伤的歌，”巴勃罗坚持说。“他喜欢那些节奏快的，和可爱的女人相关的歌。”

他们都严肃地点了点头。“是啊，女人们都很喜欢丹尼。”

巴勃罗试着唱“图利潘”的第二段，皮隆帮着他唱，其他人也跟着唱了起来，直到把这首歌唱完。

唱完歌以后，皮隆抽了一口雪茄，但雪茄已经熄灭了。“蒂托·拉尔夫，”他说，“你怎么不把你的吉他拿来，这样我们是不是还能唱得更好一点？”他点燃了雪茄，扔掉了火柴。

那根燃烧着的火柴掉在了靠墙的一张旧报纸上。每个人都站起来去踩灭这个火苗，他们心里突然都有了一个绝妙的想法，然后都往后退了一步。他们相视而笑，露出了不朽而绝望者的睿智的笑容。他们默默地看着火焰闪烁，几乎要熄灭了，又重新燃了起来。他们看到火焰在那张报纸上蔓延开来。诸神也是如此，用微小的理由发出旨意。报纸烧尽了，火焰窜到了干燥的木板墙上，他们还在笑着。

就是这样，丹尼聪明的朋友们啊。切断你们连在一起的绳索。把你们吸到一起的磁铁已经失效了。这所房子将会归属于某个陌生人，也许会是丹尼的某个无聊的亲戚。

这房子可是神圣友谊的象征啊，它适合聚会、适合打架，是个充满着爱和安慰的美好家园，但是丹尼死了，这所房子也应该死去，在最后一次对诸神发起光荣而无望的反击中毁灭。

他们笑着坐在那里。火焰像蛇一样爬上了天花板，穿出了屋顶咆哮着。到了这时，朋友们才从椅子上站起来，像梦游的人一样走出门去。

皮隆吸取了教训，这一次他把剩下的酒也带了出来。

警报声从蒙特雷城传了出来。消防车以二档的速度轰鸣着向山上驶去。探照灯在树林中晃来晃去。当消防队到达的时候，这房子就已经像一把巨大的火炬在熊熊燃烧。消防水枪浇湿了周围的树木和灌木丛，防止火焰蔓延开来。

薄饼坪上挤满了人，丹尼的朋友们站在他们中间，痴迷地看着，直到房子最后变成了一堆冒着热气的黑色灰烬。然后消防车调过车头来，滑行着下了山。

薄饼坪的人们消失在黑暗中。丹尼的朋友们仍然站在那里望着冒烟的废墟。他们带着异样的眼神面面相觑，然后又看向烧毁的房子。过了一会儿，他们转过身去，慢慢地离开，各奔东西。